1　字幕　手書きの文字で、〝2020〟と。

2　カフェの店内

大学生のカップルが向かい合って座っている。

テーブルに置いたスマホから伸びたイヤホンを一本ずつ分け合って、二人で音楽を聴いている。

少し離れた席に、山音麦《やまねむぎ》（27）と本條朱音《ほんじょうあかね》（25）がコーヒーを飲んでいて、カップルを見ながら話している。

麦　「あの子たち、音楽、好きじゃないな」
朱音　「え？」
麦、自分のバッグからイヤホンを取り出し。
麦　「音楽ってね、モノラルじゃないの。ステレオなんだよ。イヤホンで聴いたらLと

Rで鳴ってる音は違う。Lでギターが鳴ってる時、Rはドラムだけ聞こえてる。片方ずつで聴いたらそれはもう別の曲なんだよ」

大学生カップルを挟んだ向こうの席に、八谷絹《はちやきぬ》（27）と嶋村知輝《しまむらともき》（32）がコーヒーを飲んでいて、絹はイヤホンを示しながら話している。

絹　「ベーコンレタスサンド、ベーコンとレタスで分けて食べました。それベーコンレタスサンド？」

知輝　「違う」

絹　「かつ丼を二人で分けて、ひとりがかつを全部食べました。もうひとりが食べたものは？」

知輝　「玉子丼」

絹　「ね。同じ曲聴いてるつもりだけど、違うの、彼女と彼は今違う音楽を聴いてるの」

その向こう側で麦は朱音相手に話し続けていて。

麦　「レコーディングスタジオの、（両手を広げ）こういう卓、見たことあるでしょ？ものすごい数のスイッチとかつまみとか、あの全部がLとRから流れる音を立体的にするために」

絹　「音楽家もエンジニアのみなさんも夜食のお弁当を食べながら何十回何百回聴き比べて音を作ってるわけじゃない。それをね、LとRを分けて聴いちゃうなんて」
麦　「ミキサーの人、夜食のお弁当、卓に投げちゃうよ」
絹　「やってられるか、って」
朱音　「でも二人で聴きたいんじゃない？」
麦　「スマホはひとり一個ずつ持ってるじゃない」
　　絹、自分のスマホと知輝のスマホを並べて。
絹　「一個ずつ付けて、同時に再生ボタン押せばいい」
知輝　「ひとつのものを二人で分けるからいいんじゃないの？」
麦　「分けちゃダメなんだって、恋愛は」
絹　「恋愛はひとりに一個ずつ」
麦　「一個ずつあるの。あの子たちそれをわかってないな。教えてあげようかな」
　　席を立つ麦、席を立つ絹。
　　お互いに気付いて、目が合って、やっぱり戻って。
・
朱音　「それよりかさ、昨日の夜わたし、麦くんちにピアス忘れてなかった？　ベッドの上とか」

麦　「見なかったけど……（と、どこか上の空）」
知輝　「うちの親がさ、絹ちゃん紹介しろってうるさいんだけどさ、どうする？　戸塚まで来てくれる？」
絹　「うん、そうだね、行くのは……（と、どこか上の空）」
朱音　「それか洗面台かお風呂場か」
知輝　「家であれだったら駅でご飯食べるのでもいいし」
絹と麦、お互いの相手と向き合いながらも、心は別のところにあって。

メインタイトル

『花束みたいな恋をした』

3　字幕

手書きの文字で、〝2015〟と。

4　一月、八谷家・ダイニングキッチン（朝）

起きたばかりのスウェットで、寝癖頭の絹（21）、冷蔵庫からバターを取り出す。
クマムシの「あったかいんだからぁ♪」をいい加減に歌いながら、トーストにバターを塗る。
絹のモノローグ（＝M）が入る。

絹（M）「二十一歳のわたし、八谷絹。大学生。これだけは真実だよなと思えることがひとつある」

持ち替えようとして手が滑ってトーストを落とす。
しゃがんで、バターを塗った面から床に落ちたトーストを見つめる。

絹（M）「トーストを落としたら、必ずバターを塗った方から床に落ちる」

絹、スマホ片手に、ちょっと付いてる埃を摘まみ取りながらトーストを食べる。

絹（M）「だからわたしは大体ひそやかに生きていて、興奮することなんてそうそうあるもんじゃない」

絹、スマホを見ていて、ふと止まる。

国立科学博物館にてミイラ展が行われるというお知らせサイト。

絹（M）「国立科学博物館でミイラ展がはじまる」

絹、一度スマホを置いて心を落ち着け、再び見る。

絹（M）「そうは見えないかもしれないけどこれ、内心歓喜し、むせび泣いているわたし」

5 ラーメン店・店内（回想）

建設業の男たちで混み合っているカウンター席で、紙エプロンをした絹がラーメンを食べている。

絹（M）「先週のこと。二年前から続けている、麺と女子大生という名のラーメンブログのページビューが一日千五百を超えていて、その日もわたしは新店舗を開拓していた」

絹、食べながら、スマホで今日の日付、店名、麺、スープ、具などの項目に点数を書き込む。

6 表参道（回想）

行き交うおしゃれな人々の中、歩いてくる絹。
ラーメン店の紙エプロンをしたままだ。

絹（M）「天竺鼠ワンマンライブまでの時間を潰そうと表参道に出たところ、視線を感じてようやく気付いた」

ウインドウに映った自分の紙エプロン姿に気付き、慌てて外し、丸める。

絹（M）「そんな時に限って、前に一回デートしたことがある富小路くんとでくわす」

現れる富小路翔真《とみのこうじしょうま》（22）。

翔真「久しぶり（と、思い出そうとし）……久しぶり」

絹（M）「こいつ、名前おぼえてないな」

7　焼肉店・店内（夜）（回想）

焼肉を食べている絹と富小路。

絹（M）「そういえばこの人、前回もわたしが新しいセーターをおろした日に焼肉屋に連れて行った」

胃の中はラーメンで一杯だが、頑張って食べる。

絹（M）「余裕あっていいかもって思える男は、大体こっちを見下してるだけで」

入って来たきらきら女子が富小路に声をかける。

8　渋谷の街角（回想）

翔真「じゃあね（と、思い出そうとし）……じゃあね」

きらきら女子と共に立ち去る富小路。

笑顔で手を振る絹。

時計を見ると、十二時半を過ぎており、走り出す。

絹（M）「気が付けば終電」

9　ネットカフェ・個室（回想）

狭い個室で、天竺鼠のチケットを眺めている絹。

絹（M）「天竺鼠、観に行けば良かった」

毛布を匂ったら、臭かった。

10　飛田給駅前（早朝）（回想）

駅から出て来る絹、見上げると、空が白んでいる。

絹（M）「最悪な夜。最低な朝帰り」

11　駅前通り（回想）

歩いてくる絹。

絹（M）「そんな時いつも思い出すようにしてることがある。二〇一四年サッカーワールドカップ準決勝。開催国ブラジルがドイツに七点入れられて負けた。あの時のブラジル国民、国をあげての阿鼻叫喚。あれよりはマシ。わたしあれよりは全然幸せだいぶ幸せ」

ポケットの中の何かに気付いて、取り出すと、ラーメン店の紙エプロン。

12　八谷家・絹の部屋

絹、ミイラ展のチケットの購入ボタンを押す。

絹（M）「今はミイラ展のことだけを考えよう。これ以上何も望むまい。そんな矢先のことだった……」

スマホのバイブ音が鳴って、うん？　と画面を見る。

13　ラブホテル街

寒風吹きすさぶ中、小さい折り畳み椅子に座って、交通量調査のバイトをしている麦（21）。

様々な男女のカップルがホテルに入っていくのをひたすら数えている。

麦（M）「二十一歳の僕、山音麦。大学生。いまだジャンケンのルールが理解出来ない」

五十過ぎの会社員風おじさんが二十歳ぐらいの女性と共に歩いてくる。

おじさん「駄目だってば」

おじさんは消極的だが、女性が手を取り、ホテルの中に連れ込んでいく。

麦（M）「石がハサミに勝つ。ハサミが紙に勝つ。そこまではわかる。紙が石に勝つ。え。紙は石で普通に破れますよ。人類は何故そんな矛盾に満ちたルールを当たり前に受け入れてきたのか。人生は不条理だ」

14　調布のアパート・外（夜）

コンビニの袋を提げて帰って来る麦。
郵便受けを開けると、大量のチラシばかり。

麦（M）「月五万八千円のアパートの郵便受けに入っている三億二千万円の分譲マンションのチラシ。今年イチ笑った」
唇の端がちょっと上がる麦。

15　同・麦の部屋

こたつに入って、コンビニのお弁当を食べながら、紙に絵を描く麦。
日付を書き、分譲マンションのチラシを見ている先ほどの自分を描いた日記的な絵だ。

麦（M）「最近ちょっと調子悪い。理由はわかっている。燃え尽き症候群なのだ」

16　麦の部屋（回想）

こたつに入り、ノートPCで地図を検索している麦。

麦（M）「三ヶ月前、ストリートビューで近所を検索していて、そこに奇跡を見た」

麦、え？　え？　まじで？　と画面に見入る。

なんてことない住宅街のストリートビューの中、道の端に、コンビニ袋を提げた麦が見切れている。

顔にぼかしがかかっているが、麦だとわかるし、今と同じ服を着ている。

17　大学の構内（回想）

麦、同じ大学の沖田大夢《おきたひろむ》（21）にノートPCでストリートビューに映った自分を見せている。

すごいでしょすごいでしょと麦。

麦（M）「沖田くんは、すごいねすごいねまさか友達がストリートビューに出るなんて」

大夢「おめでとう」

麦（M）「と言ってくれたので奢った」

続いて岸川にも見せ、熊田にも見せる。

岸川「えーすごいすごい」

麦（M）「奢った」

熊田「一生の思い出じゃん」

麦（M）「奢った」
五、六人に取り囲まれる。
麦（M）「夢のような日々だった」

同級生の卯内日菜子《うないひなこ》（21）が通るのが見える。

麦、日菜子に向かってPCを掲げて。

麦「卯内さん！　卯内さん！」

18　調布のアパート・麦の部屋

ストリートビューの画面を眺めている麦。

麦（M）「あれ以上の興奮がこの先僕に起こるのだろうか」

PCを閉じ、横になる麦。

はっと気付いて起き上がり、上着のポケットから財布を出し、チケットを出す。

天竺鼠のワンマンライブのチケットだ。

スマホの日付と見比べ、うわあと突っ伏す麦。

麦（M）「地上のすべてを諦めたら、人はいつか空を飛べると誰かが言った。そろそろ飛べるんじゃないか。そんな矢先のことだった……」

スマホのバイブが鳴って、画面を見る。

19　西麻布のカラオケ店（日替わり、夜）

店員に案内され、もつれたイヤホンをほどきながら、通路を歩いてくる絹。

絹（M）「人数合わせで呼ばれた西麻布」

個室に入ると、ラグジュアリーな内装で、大型スクリーンのカラオケがあって、ＩＴ系の男性たちと若い女性たちが「キセキ」を歌っている。

＊

隅に座って、周囲の男女を観察している絹。

絹（M）「カラオケ屋に見えない工夫をしたカラオケ屋でカラオケするIT業界人は大抵、ヤンキーに見えない工夫をしたヤンキーで」

IT業界男「結局、やるかやらないかなんだよ」

絹（M）「この言葉が何より好き」

女子たちだけで集まって、男に撮ってもらう。

絹（M）「インスタにアップする写真は女子だけで撮る」

灰皿をフレームから隠す。

＊

隣に座ったおじさんから話しかけられている絹。

絹（M）「気が付くとおじさんが隣で、去年胃を半分切ったという話をしている。何でこんなところに来たんだろ。毎回同じことを思ってる」

絹、最新ラーメンランキングの検索をはじめる。

20 明大前駅・駅前

もつれたイヤホンをほどきながら駅から出て来た麦、見回し、歩いて行く。

21 明大前のカラオケ店・通路〜個室内

麦、来て、ここかな？ と個室に入る。

狭い中に十人ほどいて、「ＲＰＧ」を歌って盛り上がり中だったが、入って来た麦に注目し、歌も止まる。

高杉「あ、卯内さんが誘った人？」

麦「はい。（見回し）卯内さんは……」

吉越「（みんなに）空けたげて空けたげて」

元からぎちぎちだったのを詰めて、席が用意された。

麦「卯内さんは……」

高杉「今夜はお月様の形が不吉だからやめとくって」
吉越「あの人、スピリチュアル入ってるよね」
麦、席を立とうとすると、新たに三人入って来た。
吉越「空けたげて空けたげて」
奥に押し込まれ、さらにぎゅうぎゅうになる麦。

22 明大前駅・駅前

駅から出て来た絹、見回しながら歩いて行く。

23 ラーメン店・店内

エプロンをし、ラーメンを食べながらスマホに点数などを書き込んでいる絹。

ＬＩＮＥの着信があり、〃お母さん〃からで〃帰りにトイレットペーパー買って来て〃とある。

24 通り

両手にトイレットペーパーを提げて歩いてくる絹。

走る通行人の姿がちらほらある。
終電だよ、終電、と声が聞こえる。
絹、スマホを見て、慌てて走り出す。
同じく走っている人たちの中に麦の姿もある。
お互いに気付かず、走る絹と麦。

25　明大前駅・駅前

走って来る絹、麦、改札が見えた。
電光掲示板に最終電車の表示があり、アナウンスが聞こえる。
絹、麦、ＰＡＳＭＯを取り出す。
二人、同時に改札にタッチして、麦のＰＡＳＭＯが弾き飛ばされた。

絹「あ（ごめんなさい！　と）」
麦「（大丈夫！　どうぞ行って！　と）」
絹「（迷って）」
麦「（どうぞ！）」

しかし絹は引き返してPASMOを拾い、麦に手渡した。
あ、どうも、いえいえ、と目で交わして、再び改札にタッチする。
絹は通ったが、麦のPASMOはアラームが鳴った。

麦「あ、チャージ……」

絹「(は？　と顔をしかめて見て)」

絹、ホームへの階段を駆け上がっていった。
麦、PASMOを手に駅員の元に行って。

麦「チャージって……」

その時、掲示板の表示が消え、電車の走り去る音。

麦「(あ、と)……」

途方に暮れて立ち尽くす麦。
他にも乗り損なった二人がいて、会社員風の恩田友行《おんだともゆき》(29)、派手な装いの原田奏子《はらだかなこ》(27)。

奏子「(友行に)今の、最終ですよね？」

友行「おそらく」

その時、肩を落として階段を引き返してくる、トイレットペーパーを二つ提げた絹。

奏子「始発待ちか」

友行「（麦に）朝までやってる店知りません？」

麦「（絹を見ていて）……え？」

26　カフェ・店内

四人用の席に座る絹と麦、その向かいに友行と奏子。

奏子「（友行に）明日お休みなんですか？」

奏子はハンドクリームを手に塗っている。

麦「（見て、この人座ってすぐハンドクリーム塗ってる、と思う）」

友行「昼過ぎに行けばいいんで」

店員がおしぼりを持って来て、配る。

奏子「お仕事って」

友行「出版系です」

奏子、おしぼりで手を拭いている。

麦　「（え、今手にハンドクリーム塗ったばかりなのに、もうおしぼりで拭いてる、と思う）」

絹は淡々としていて、友行は普通に奏子と話している。

麦、何で誰も突っ込まないの？　と思っていて、ふと向こうの席にいる男性二人の客に気付く。

麦　「あ……」

友行「うん？（と、麦の視線を追って振り向こうとする）」

麦　「（小声で）見ちゃ駄目です」

奏子「どうしたの？」

麦　「（小声で）あっちの席に神がいます」

押井守さんが仲間の男性と飲んでいる。

絹、見て、……。

友行と奏子、盗み見るが、それが誰なのか理解出来ず。

奏子「神？」

麦　「（指で、しーっとして）犬が好きな人ですよ。あと立ち食い蕎麦」

友行「有名な人なの？」

麦　「え、映画とか観ないんですか？」
友行　「観るよ。結構マニアックって言われるけどね」
奏子　「どんな映画？」
友行　「ショーシャンクの空にっていうのとか」
　絹、首筋を掻いたりしている。
奏子　「わたしはね、去年観た中だと、魔女の宅急便……」
麦　「魔女の宅急便は（勿論最高です）……」
友行　「朝ドラの子役の子が出てたやつ？」
奏子　「そう」
麦　「え、実写の方？」
　絹、顔を隠すように俯く。
　身を寄せ合って話しはじめる友行と奏子。
麦（M）「何故、神を前にした今、実写版魔女の宅急便の話をしているのか。あなたたちか、この世に数々の実写版を生みだしているのは」
　麦の横顔を盗み見している絹。

27　外の通り

店を出て、絹と麦を残し、タクシーで去って行く友行と奏子。
麦、絹に、どうもと頭を下げ、もつれたイヤホンをほどきながら去って行く。
絹、麦の後ろ姿を見送っていて。

絹（M）「礼儀としてひと言伝えておくべきかと思った」
絹、麦を追いかけはじめる。
絹（M）「わたしだって、いたく興奮していたのだ」
絹、追いついて、きょとんとしている麦に。
絹「押井守いましたね」
麦「え……」
絹「さっき押井守いましたね」
麦「ご存じ、なんですか？」
絹「好き嫌いは別として、押井守を認知してることは広く一般常識であるべきです」
麦「（笑顔になって）はい、世界水準です」
言いたかったことが言えて嬉しく、見合う二人。

麦（M）「きっかけは押井守だった」

二人、連れだって歩き出した。

麦「あ、あと……」

絹「あと、ハンドクリーム」

麦「はい。あの人、ハンドクリーム塗ったばっかりなのに」

絹「おしぼりで手拭いてましたよね」

ククククと笑う二人、うっかり並んでいる自転車に手をかけてしまって、全部倒れる。

慌てて立て直しはじめる二人。

28 居酒屋・店内

上がり框で靴を脱いでいる絹と麦。

麦「飛田給なんですか」

絹「調布はいつも乗り換えで降りてます」

麦「じゃあ、すれ違ってたかもしれませんね」

麦、絹が脱いだスニーカーを受け取り、自分のと一緒に下駄箱に置く。

どちらも白のジャックパーセルだったので、あ、と思う二人。

＊

座敷エリアに若者たちがぽつぽつといて、席に着いている絹と麦、グラスを向け合って。

「八谷絹です。好きな言葉は替え玉無料です」

「山音麦です。好きな言葉はバールのようなものです」

乾杯する二人。

麦、イヤホンがもつれているのを見せ、すぐこうなりますよね、と。

絹ももつれたイヤホンを出し、ですよね、と。

＊

絹と麦、楽しそうに飲んでいる。

絹「セロの髙城さんが阿佐ヶ谷でやってる店……」

麦「ロジですか。行ったことあります。でも、いても声かけられないですよね」

絹「わたしの知り合いは髙城さんとお話ししてファンになって、次の日大黒屋でゆずのクオカード全部売ってました」

麦「へー。あ、お代わりで（いいですか）？」

絹「はい」

麦「（店員に）すいません、ハイボール二つください」

＊

かなり酔いはじめている絹と麦。

自分のリュックに差してある文庫本を抜き、照れながら交換する。

絹「（開いて見て）わたしも穂村弘大体読んでます」

麦「（開いて見て）僕も長嶋有はほぼほぼ。お金ないから文庫待ってからですけど」

絹「わたしも図書館とか」

麦「あと好きな作家って」

絹「全然普通ですよ。いしいしんじ、堀江敏幸、柴崎友香、小山田浩子、今村夏子、円城塔、もちろん小川洋子、多和田葉子、舞城王太郎、佐藤亜紀」

麦、同意しながら聞いていて、絹の文庫に挟まっている映画の半券（『自由が丘で』）に気付き。

麦「あ、八谷さんも」

絹、映画の半券（『毛皮のヴィーナス』）に気付き。

絹「山音さんも、映画の半券、栞にするタイプですか」
麦「映画の半券、栞にするタイプです」

＊

酔っていて、壁によりかかりながら話している絹と麦。

絹「ルミネで天竺鼠のワンマンがあったんですけど」
麦「はいはいはい」
絹「チケット取ってたんですけど、行けなくて」
麦「僕もです」

麦、財布から天竺鼠のチケットを取り出す。

麦「持ってたのにうっかりしてて」

絹、財布から天竺鼠のチケットを取り出す。

交換して、見て、わあと思って。

麦「(自分と絹を示し) 行ってたらそこで会ってたかもしれないですね」

絹「(自分と麦を示し) そうですね。へー。あ、でも行ってたら今日は会ってなかったかもしれないですね」

麦「ですね。じゃあ、これは今日ここで会うためのチケットだったってことですね」

あーと思って顔を見合わせ、目が合う。

照れて目を逸らす。

二人、同時に話しかけようとして。

麦「菊地成孔さんの粋な夜電波って聞いてます?」

絹「え?　あ、勿論聞いてます」

麦「ごめんなさい、今何か言おうと」

絹「お手洗い行ってきます」

麦「はい。(示して) 入り口入って右の奥にありました」

麦「（後ろ姿を見送って、好感の思いで薄く微笑む）」

絹、どうもと席を立って、行く。

＊

下駄箱に並んだ自分と麦のスニーカーを見る絹。

絹「（好感の思いで薄く微笑む）」

＊

距離が近い絹と麦。

麦が差し出したスマホのガスタンク画像を、顔を寄せ合って見ている二人。

麦「一時期ガスタンクにはまってて。都内だと、高島平とか芦花公園、千歳烏山、南千住、色々あって」

絹「へえ」

麦「動画も撮ってたことあって、（自嘲的に）それ編集して」

絹　「映画ですか、え、見たいです」
麦　「いやいや三時間二十一分ありますよ。ロード・オブ・ザ・リング王の帰還と同じ長さで、ずっとガスタンクです」
絹　「見たいです見たいです、ホビットより興味あります」
麦　「じゃあ、今から見に来ます？」
絹　「行きます行きます」
普通に淡々と決まった。
その時、絹のスマホに着信がある。
見ると、〝お母さん〟からだ。
絹　「（スマホを示し）ちょっと」
麦　「はい」
席を立ち、出て行く絹。
その時、店員に案内されて、女二人に男ひとりの客たちが入って来た。
その中に卯内日菜子がいる。
日菜子　「あ、いた。山音くんいた。何で？」
麦　「（あ、と）」

日菜子、傍らに来て、麦の肩に手をやって。

日菜子「何で？　何でここにいるの？　何で？」

麦「いや、カラオケ行ったんすけど、卯内さん、お月様の形が不吉だから来ないって」

向こうで絹が振り返ってこっちを見ている。

日菜子「えー何それ何で、そんなの嘘嘘、何で何で。（テーブルを見て）え、誰かと一緒？」

麦「あ、えと……（と、見ると）」

絹は既に背を向けて出て行った。

麦「（あ、と）……」

日菜子「一緒に飲もうよ。ニーニーだし」

日菜子と来たもう二人の男女はカップルのようだ。

麦「（困惑し）……」

＊

絹、座敷に戻って来た。
麦は日菜子たちの方の席に行っている。
日菜子「お月様の形が不吉って何、何で」
麦「何だろね……」
絹が戻って来たことに気付いて、元の席に戻って。
麦「あの、今こっち戻るんで……」
絹「(スマホを示し) 友達泊めてくれるって、今連絡あって」
絹、伝票を見て、財布から二千二百円出し、置いて。
絹「ごめんなさい、先に出ます」
絹、リュックを背負ってトイレットペーパーを二つ持って、麦とみんなに頭を下げ。
絹「ちっす (と、笑顔で)」
出て行く絹。
日菜子「麦くんとさ、一回ちゃんと話したかったんだよね」
可愛い顔で見つめてくる日菜子。
麦、……。

29　通り

トイレットペーパーを両手に提げて歩いてくる絹。
後ろから追いかけてくる麦。

麦「すいません。あのすいませんあの……」
麦、絹の前に立つ。

絹「……足りなかったですか（と、財布を出そうとする）」
麦「（絹の手からトイレットペーパーを一個取り上げて）同じ方向なんで」
絹「友達んち、近くなんで」
麦「いや、普通に嘘だってわかります」
絹「いやいやいやいや、ふざけんなし」
麦「いやいやいやいや」
絹「いやいやいやいや……」
自転車が来たので、麦、さっと絹の腕を引き寄せる。
どうも、いえいえとなって。

絹「山音さん、わたし、カラオケ屋さんに見えるカラオケ屋さん行きたいです」

30 カラオケ店・個室

きのこ帝国の「クロノスタシス」を歌う絹。
そんな絹を眺めている麦も一緒に歌う。

31 甲州街道

缶ビールを飲みながら歩いてくる絹と麦。

絹「クロノスタシスって知ってる?」
麦「知らない」
絹「時計見たらたまたま誕生日と同じ数字で、あ、って思う現象のことだよ」
笑って、乾杯する。

＊

麦「こちらあみ子も大好きですけど……」
絹「ピクニック」

麦「あれは衝撃でした」

絹「今村さんって、その後新作書いてないですよね」

麦「読みたいですよね。この間ね、電車に揺られていたら隣に座ってた人も読んでて

……」

絹(M)「電車に乗っていたら、ということを彼は、電車に揺られていたら、と表現した」

絹「(なんかいいなと思いながら聞いていて)へえー」

＊

絹「ジャンケンって、グーが石で、チョキがハサミで、パーが紙でしょ?」

麦「(まさかと思いつつ)はい……」

絹「紙が石に勝つわけないじゃないですか。普通に破れるでしょ」

麦(M)「同じことずっと考えてた人を知ってる」

麦「(なんか嬉しく思いながら)そうかなあー」

32　調布駅・駅前

到着し、両手を挙げる絹と麦。
雨が降りはじめた。

33　調布のアパート・外

雨の降る中、トイレットペーパーを胸に抱きしめて走って来た絹と麦、階段を駆け上がる。

34　同・麦の部屋

ずぶ濡れの絹と麦、上着を脱ぎながら入って来る。

絹「お邪魔します」
麦「どうぞどうぞ」
麦、物干しハンガーに吊してたタオルを取ってきて。
麦「これで（髪拭いてくださいと差し出す）」
絹は本棚を見ている。

麦「八谷さん（と、タオルを差し出す）」
絹「ほぼうちの本棚じゃん」
麦「（じわっと嬉しく微笑む）」

＊

こたつに入って、アイスをのせたアップルパイを食べながらノートPCの画面を見ている絹と麦。

麦（M）「それで二人で、まだ誰にも見せたことのなかった劇場版ガスタンクを見た」

麦が撮影した様々なガスタンク映像がアンビエントな音楽と共に映し出されている。

麦（M）「お腹がすいて、途中で焼きおにぎりを作った」

台所に立ち、魚焼き網でおにぎりを焼いて醤油を塗っている麦。

美味しい美味しいと言って焼きおにぎりを頬張る絹。

麦（M）「それを彼女は二個食べて」

絹、こたつテーブルに顔を伏せて。

絹　「五分寝るね」

麦（M）「と言って、一番いいところで寝た」

寝てしまった絹。

麦、絹の寝顔を見つめる。

麦（M）「一時間寝て目を覚ますと、面白かったね、じゃあ帰るねと言った。絶対嫌われたと思った」

35 調布駅近くのバス停（早朝）

雨は既に上がっており、帰る絹を送ってくる麦。

トイレットペーパーを一個ずつ持っている。

バスが来て扉が開き、絹、乗り込んでから。

絹　「（振り返って）今度、国立科学博物館でミイラ展があるんです」

麦　「え？」

絹　「もし嫌じゃなかったら山音さんも一緒に……」

言いかけたところで、バスの扉が閉まった。

麦「（はいと頷き、行きますと口パクで）」
絹「（安堵して微笑う）」
走り去るバス。
麦、トイレットペーパーを一個預かったままだった。

36 調布のアパート・麦の部屋

戻って来た麦、部屋に絹の匂いが残っていて、……。
本棚を見て、絹の言葉を思い出す。
こたつに入って紙とペンを用意し、イラストを描きはじめる。

37 飛田給駅近くのバス停

到着したバスから降りてきた絹。
空を見上げ、眩しくて目を細める。
出勤する人たちと逆方向に進む。
高揚する思いが続いている。

38　調布のアパート・麦の部屋

日付を入れて描き上げたイラストを眺める麦。
本棚を眺めている絹と麦の後ろ姿の絵だ。

39　八谷家・外〜玄関

帰って来た絹、中に入ろうとすると、玄関から出て来る、今から出勤する父・八谷芳明《よしあき》と姉・八谷藍《あい》。
最悪だ、と目を伏せる絹。

芳明「（玄関に）お母さん、絹ちゃんがまた朝帰りだ」
藍「お父さん、近所に聞こえる」
二人を押しのけるようにして家に入る絹。
絹（M）「もったいない」
出勤する母・八谷早智子《さちこ》が来て。
早智子「あんた、こんな時間に……」
絹、トイレットペーパーを押しつけ、二階に上がる。

絹（M）「もったいない。もったいない」

40　同・絹の部屋

部屋に入るなりドアを閉め、カーテンも閉める絹。

絹（M）「今話しかけないで。まだ上書きしないで」

倒れ込むようにベッドに横たわる絹。

絹（M）「まだ昨日の夜の余韻の中にいたいんだよ。こういう時に聞ける音楽があればいいのに」

髪に触れ、思い返す。

41　調布のアパート・外（回想）

雨の降る中、階段を駆け上がっていく絹と麦。

絹（M）「調布駅から徒歩八分にある彼のアパートには、旅行する予定もない国々の地球の歩き方が置いてあって……」

42　同・麦の部屋（回想）

本棚の前に立っている絹と麦。

絹「ほぼうちの本棚じゃん」

絹、スケッチブックに気付く。

麦「あ、見なくていい……」

絹、開くと、イラストが描かれてある。

絹「山音さんが描いたの？」

麦「まあ……それを仕事に出来たらなって思ってて。あ、笑うところですよ？　今の笑うところ……」

絹「わたし、山音さんの絵好きです」

麦「……」

言葉に詰まる麦、黙って向こうに行く。

絹、絵を一枚一枚見はじめる。

絹（M）「細い雨が街灯のオレンジで切り取られて降り注いでいた。窓辺に座って彼の描いた絵を見ていたら、彼はすごく照れて、風邪引きますよと言って、ユニットバスからドライヤーを持って来た」

麦、壁のコンセントに挿したドライヤーを持って絹の背後に来る。

絹（M）「コンセントがぎり届いて、わたしの濡れた髪を乾かしはじめた」

麦に髪を乾かしてもらいながら絵を見ている絹。

絹（M）「何かがはじまる予感がして、心臓が鳴ったけど、ドライヤーの音が消してくれた」

照れながら乾かしている麦。

麦（M）「わたし、山音さんの絵好きですって言われた。わたし、山音さんの絵好きですって言われた。わたし、山音さんの絵好きですって言われた」

43 調布のアパート・麦の部屋

こたつの中、ノートPCでミイラ展のウェブサイトが開かれている。

見ながら寝てしまっている麦。

麦（M）「わたし、山音さんの絵好きですって言われた」

44　二月、上野公園付近（日替わり）

待ち合わせて、会った絹と麦、照れて苦笑する。
服が結構かぶっており、色違いのＪＡＸＡのロゴ入りトートを持っている。
足下は同じ白のジャックパーセル。
ミイラ展の巨大ポスターがある。

絹「（高揚していて）行きましょ」
麦「（若干引いていて）はい……」

45　ファミレスの店内（夜）

向かい合って座っている絹と麦。
絹、図録のミイラの写真を眺め、ふふっと笑って。

絹「最高でしたね（と、ふふふふと笑って）」
麦「いやもう感想も出ないって言うか……」

店員で茶髪の土志田美帆《どしだみほ》（25）が注文を取りに来て。

美帆「ご注文お決まりですか」

麦、メニューを示し、絹は図録のミイラを示して。

絹「えっと……（気付き、図録をしまう）」

＊

客はかなり減ったが、ドリンクバーで居続けている絹と麦、笑っている。

絹「隣の家があるんですけど、そこに住んでる方が村上龍さんそっくりで、妻が小池栄子さんそっくりなんです」

麦「え、その家、カンブリア宮殿じゃないですか」

笑う二人。

麦「（客の少ないのに気付き）そろそろ帰りますか」

絹「はい」

二人、上着を着て、財布を出していて。

絹「そういえばゴールデンカムイって読みました？」

麦「やばかったです、読みました」

また話し込みはじめる二人、上着を脱ぐ。

麦（M）「それで結局、ほしよりことかヴェイパーウェイヴとかままごとのわたしの星の話になって」

絹（M）「ドリンクバーを三往復して、気が付いたらまた終電の時間が来て」

46　走る京王線の電車の車内

混み合っている中、ドア付近で吊革につかまり、まだ息を切らしている絹と麦。

絹（M）「友達だって思ってるのかな」

麦（M）「話が合うからってだけなのかな」

47　公園（日替わり）

フードトラックのベンチでクレープラップサンドを食べている絹と麦。

麦（M）「三回ご飯食べて告白しなかったら、ただの友達になってしまうよって説あるし」

絹（M）「だんだん焦ってきて」

48　調布のアパート・麦の部屋

スマホの写真のクレープラップサンド越しにボケて写っている絹の写真を見ている麦。

麦（M）「好きかどうかが、会ってない時に考えてる時間の長さで決まるなら、間違いなくそうで」

49　八谷家・絹の部屋

スマホの写真のクレープラップサンド越しにボケて写っている麦の写真を見ている絹。

絹（M）「お店の人に感じいいなとか、歩幅合わせてくれるなとか、ポイントカードだったらもうとっくに溜まってて」

絹、麦にＬＩＮＥを打ちはじめる。

絹（M）「次は絶対告白しようって」

50　調布のアパート・麦の部屋

麦、絹にＬＩＮＥを打ちはじめる。

麦（Ｍ）「終電までに告白しようって決めて」

51　高島平のガスタンク（日替わり、夕方）

歩いてくる麦と絹。

住宅街の景色の中、現れる巨大なガスタンク。

麦（Ｍ）「二人でガスタンク見に行った」

興奮する麦と絹。

絹「うわー、これ想像以上ですね、わたし舐めてました」

麦「言ったじゃないですか。（指先で画角を作って絹ナメのガスタンクを見て）ガールミーツガスタンク、やば」

二人して写真を撮り合う。

絹（Ｍ）「終電まで残り八時間」

麦（M）「ここから雰囲気を変えていこ」

52　ファミレスの店内（夜）

前回と同じ席に座っている絹と麦、食事していて。

絹「早稲田松竹のラインナップには期待しかないですね」
麦「ですよね、あと下高井戸シネマ」
絹（M）「何でそういう話になってしまうかな」
麦（M）「終電まで残り三時間」

＊

麦「食パンは五枚切りと六枚切り、どっち派ですか」
麦（M）「ダメダメ、そっち行ったらダメ」
絹（M）「残り二時間」

＊

美帆が来ていて、二人とフライヤーを見ていて。

麦「(写真の中のポリンと美帆を見比べて) ほんとだ、同じ人だ。バンドやってたんですね」

美帆「まだ全然、デビューしたばっかりで」

絹「(読んで) オーサムシティクラブ？」

美帆「良かったらユーチューブとかにあるんで」

麦「聴きます (と、スマホを手にしてふとこれはチャンスではと思って) ロマンチックな、感じ的なものの曲とかって、あります？」

絹「(察して) いわゆるラブソング的な系的なこう、ね」

麦 (M)「よし、行ける」

絹 (M)「残り一時間」

イヤホンのLとRで分けて聴きはじめる二人。

ロマンチックな雰囲気が出て来て、見合う。

二人、口を開こうとした時、通路を挟んだ隣の席の男がこっちを見て睨んでいた。

エンジニア男「君ら、音楽、好きじゃないな」

二人、え？　と。

エンジニア男「イヤホンで聴いたらLとRで鳴ってる音は違うの」

二人に語りはじめるエンジニア男。

麦（M）「そこから一時間強レコーディングエンジニアのミキシング技術について語られた」

＊

すっかり意気消沈した絹と麦。
麦「そろそろ終電ですね」
絹「そうですね」
麦「じゃ」
絹「はい」
二人、後ろ髪引かれながら上着を着て席を立とうとしたその時、慣れない様子の男性店員が来て。

店員「お待たせしました。ショコラパフェおひとつ」

二人の前にショコラパフェを置く。

麦「え、注文してないです」

店員「え……（伝票を見て）あ、やっちゃった。ごめんなさい、伝票違ってました」

パフェを引き揚げようとする店員。

麦「あ、もし良かったらこれ……」

絹「食べます食べます」

麦「いただきます」

店員「ありがとうございます」

頭を下げ、行く店員。

微笑む二人、スマホでパフェを撮ろうとする。

画面の中、パフェ越しに相手の顔が見えた。

相手の顔を見て、ふと思う。

麦「（画面の中の絹に）八谷さん」

絹「（画面の中の麦に）はい」

麦　「僕と付き合ってくれませんか」
絹　「はい。ぜひ」
　　スマホを下ろし、照れた笑顔で見合う二人。

53　飛田給の交差点

　　絹を自宅近くまで送って来た麦。
絹　「もう、すぐそこなんで」
麦　「じゃあ、そこの明るいところまで」
　　交差点を渡る。
絹　「個人的に白いデニムは苦手です」
麦　「はい？」
絹　「付き合ってる人がホワイトデニム穿いてたら、ちょっとだけ好きじゃなくなります」
麦　「わかりました。ホワイトデニムは穿きません」
絹　「山音さんもこれはってのあったら」

麦「ＵＮＯで」
絹「ＵＮＯで」
麦「（頷き、真似をし）はい、今ＵＮＯって言わなかったから二枚取ってー、って言う人が苦手です」
絹「わかりました。それだけは言いません」
麦「以上です。じゃあ、おやすみなさい」

麦、横断歩道を引き返そうとする。

絹「山音さん、赤ですよ」
麦「あ」

信号を待つ。

麦（Ｍ）「信号はなかなか変わらなかった」

目を合わせ、照れて微笑う二人。
もう一度信号を見るが、まだ変わらない。
また目を合わせ、微笑う二人。
麦、手を差し伸べ、絹の手を握る。
絹、握り返してきた。

麦、あ、と思って顔を寄せ、キスをした。
麦（M）「信号はまだ変わらなかった」
絹（M）「押しボタン式だった」
麦（M）「サンキュー押しボタン式信号」
二人、離れて、微笑み合って。
絹「あ、あと」
麦「はい」
絹「こういうコミュニケーションは頻繁にしたい方です」
麦「はい」
二人、顔を寄せ合って、もう一度キスする。

54 三月、調布のアパート・麦の部屋（日替わり）

夜、こたつで、焼きおにぎりを食べながらＰＣで映画を観ている絹と麦。

麦（M）「それから一週間の間に原美術館に行って、人形町で牡蠣フライを食べて、タムくんに似顔絵描いてもらって」

タムくんに描いてもらった似顔絵が飾ってある。
麦、床に付いた絹の手に手を伸ばす。
絹、その手を握り返す。

麦（M）「で、三月のすごく風の強い夜、ひどくつまらない映画を途中でやめて、はじめて寝た」

＊

音だけ消えたＰＣから漏れる光の中、ベッドで抱き合っている絹と麦。
外の風の音と二人の吐息。

＊

朝、まだベッドの中にいる絹と麦。
頬を寄せ合ったりして、笑ったりしながらキスして、じゃれ合っているうちにまたはじまる。

絹（M）「三日続けて彼の部屋に泊まった。大学を休んで、就職説明会にも出なくて、大体はベッドにいて、何回もした」

台所、その流し台のその縁。

麦（M）「ここでもしたし」

みかんが置いてあるこたつ。

麦（M）「ここでもした」

布団の中から聞こえる声。

麦の声「絹ちゃんやばいやばい、絹ちゃんやばいって」

絹の声「大丈夫、いいよ」

絹（M）「三日目に冷蔵庫が空になって、近くのカフェに行った」

55　カフェの店内

パンケーキを食べている絹と麦。

麦（M）「これ、パンケーキ食べてるけど、した後の二人」

56　調布のアパート・麦の部屋

風呂場の浴槽の中、絹と麦。

互いの髪にシャンプーをふりかけ、目が痛いほど泡立てている。


絹（M）「四日目、彼もわたしもバイトがあるので家に帰った」

57　八谷家・リビングダイニング（日替わり、朝）

トーストにバターを塗っている絹。

カウンターに置いたスマホで、あるブログの最新記事を見ていて、トーストを床に落としてしまう。

バターを塗った方から落ちている。


絹（M）「もう何年も前から読んでいた恋愛生存率という名のブログがあった。その筆者であるめいさんが自ら命を絶ったという記事を見た」

絹、そのまま床に座って、記事を読む。


絹（M）「この人はわたしに話しかけてくれている、そう思える存在だった。彼女が書くテーマはいつも同じだった。はじまりはおわりのはじまり」

58 静岡の海岸（日替わり）

日帰り旅行で訪れている絹と麦、海岸を歩いている。

気持ちよさそうに海を見ている麦の横顔を、傍らで見つめている絹。

絹（M）「出会いは常に別れを内在し、恋愛はパーティーのようにいつか終わる。だから恋する者たちは好きなものを持ち寄ってテーブルを挟み、お喋りをし、その切なさを楽しむしかないのだ、と」

「写ルンです」でお互いを撮り合ったりする。

絹、ファインダーの中の麦を見つめる。

絹（M）「そんなめいさんが、今恋をしている、この恋を一夜のパーティーにするつもりはないと書いていたのが一年前」

絹、海を撮っていて、振り返ると、麦がいない。

不安になって、見回し、名前を呼ぶ。

絹（M）「数パーセントに満たない生存率の恋愛をわたしは生き残る。冗談めかしてそう綴ったメイさんが死んだ」

麦がしらす丼を二つ買って戻って来た。

もう！　心配したよ！　と肩を叩く絹。

絹（M）「恋の死を見たんだろうか。その死に殉ずることにしたんだろうか。どれも想像にしか過ぎないし」

日が沈む中、砂浜に腰を下ろし、麦、後ろから絹を抱きしめるようにして、二人で海を眺めている。

絹（M）「そこに自分の恋を重ねるつもりはない。ただ、わたしたちのパーティーは今最高の盛り上がりの中ではじまったというだけだ」

59　炭焼きレストランさわやか（夜）

店の待ち合い席に座っている絹と麦。

絹、「写ルンです」を大切そうに持っている。

麦「絹ちゃん、（切符を見て）もう行かないと新幹線間に合わないかも」

絹「うん、また今度来ようか」

諦めて席を立ち、立ち去る二人。

60　調布のアパート・麦の部屋（日替わり）

台所で食事の支度をしている麦。
絹、現像された写真を袋から出して並べている。
海辺の絹、麦、二人の写真。
麦、料理を運んで来て、背景にマーガレットが咲いている写真を一枚手にして。

麦「この花ってよく見るけど、何て花？」
絹「（言いかけて）……」
麦「うん？」
絹「女の子に花の名前を教わると、男の子はその花を見るたびに一生その子のこと思い出しちゃうんだって」
絹（M）「めいさんがそう言ってた」
麦「え、何それ、じゃあ教えてよ」

絹　「どうかなあ（と、ふざけて台所に行く）」
麦　「ちょっとお（と、追って）」

61　六月、小さなギャラリー（日替わり、夜）

写真展のオープニングパーティーが行われている。

意図が謎な感じのアート系の写真が並んでいるのを、謎だなと思って眺めている絹と麦。

奥のスペースで大夢が呼ぶので行くと、写真家の青木海人《あおきかいと》（28）、その恋人の川岸菜那《かわぎしなな》（27）、友人の羽村祐弥《はむらゆうや》（24）、中川彩乃《なかがわあやの》（23）が集まってシャンパンを飲んでいる。

海人と菜那は腰に手を回し合っている。

男はみんな黒いハットをかぶり、趣味のTシャツを着ている。

絹　「（みんな黒いハットだなあ、と見ている）」
麦　「（みんなに紹介して）絹ちゃんです」
祐弥　「えっと、（二人を示し）関係っていうか」

麦　「あ、彼女す」

歓声をあげる一同。

海人　「(絹に) 展示どうかな?」

絹　「すごく素敵です」

菜那　「ほんとは、なんでこの人たちみんな黒いハットかぶってるのかなって思ってるでしょ?」

絹　「(面食らいつつ) 若干」

菜那　「自意識強い人ほど」

絹　「つばが広がっていきますよね」

菜那　「わたしこの子好き。麦くん、いい彼女出来たじゃん」

海人、照れ笑いする絹と麦にカメラを向け、撮る。

海人と菜那の肩にはお揃いのタトゥーが彫ってある。

絹　「(へえ、と見ている)」

62　走る京王線の電車の車内

乗っている絹と麦。

絹「絶対別れないって自信がないとお揃いのタトゥーは彫れないよね」
麦「あれ、絹ちゃんは自信ないの？」
絹「麦くんが浮気する可能性もあるしね（と、微笑う）」
麦、絹のそんな横顔を愛しく見つめる。
麦（M）「そんな彼女が泣くのをはじめて見たのがその年の夏」

63　八月、調布のアパート・麦の部屋（日替わり）

窓の外からは夏の日差し。

就職活動の資料が積んであって、エントリーシートを書いている絹。

麦（M）「彼女は出遅れた分を取り返そうと、連日寝る間も惜しんで就活に励んでいた」

麦、コーヒーを淹れてきて、絹の横に置く。

絹「ありがとう」

ひと口飲んで書き続ける絹を眺める麦。

＊

髪をまとめて、リクルートスーツを着た絹。
慣れないパンプスで出来た靴擦れに絆創膏を貼って、出かける絹。
取り込んだ洗濯物を手に、見送る麦。

＊

日替わり、こたつに入ってイラストを描いている麦。
スマホのバイブ音が鳴って、慌てて出る。

麦　「面接どうだった？」
絹の声　「うん」
麦　「ん？」
絹の声　「まあまあかな」
麦　「（あれ？　と思いつつ）そっか」
絹の声　「麦くん、何してたの？」
麦　「描いてたよ。海人さんが出版社の人紹介するから作品用意しとけって」

絹の声　「へえ。そっか、頑張ってね。じゃ、おやすみ」
麦　「おやすみ……待って。待って絹ちゃん」
絹の声　「うん？」
麦　「絹ちゃん、もしかして今泣いてる？」

64　新宿の高層ビル街の一角

誰もいなくなった暗いビルの谷間、着の身着のままで走って来た麦。
待っていたリクルートスーツ姿の絹と会って。

絹　「（麦がサンダルなのを見て、涙を浮かべながら微笑って）そんなんで電車乗ったの？」
言い終わる前に、麦、絹を抱きしめた。

麦（M）「彼女は連日、圧迫面接を受けていた」

65　調布のアパート・麦の部屋

麦、作った料理を絹によそってあげながら。

麦　「こういうシステムがまかり通ってる日本は狂ってるよ」
絹　「なんで麦くんが怒ってるの。しょうがないでしょ、わたしが不甲斐ないんだよ。いただきます」

麦　「絹ちゃんは不甲斐なくないよ。何その面接官」
絹　「偉い人なんだよ」
麦　「偉いかもしれないけど、その人はきっと今村夏子さんのピクニック読んでも何も感じない人なんだと思うよ」

絹　「（苦笑し）そんな言葉、就活には無力だよ」
麦　「就活なんかやめていいよ。やりたくないことなんかしなくていいよ」
絹　「家帰るとうるさいんだよね。うちの親、新卒で就職しない人間イコール反社会勢力だから」

麦　「（思わず）じゃ、ここ住んじゃえば？」
絹　「（ひとり微笑み）それね」
麦　「（そんな絹を見て、今度は真剣に）一緒に暮らそうよ」

66　十月、多摩川沿いのマンション・部屋（日替わり）

麦、ベランダに出て来ると、そこはとても広く、正面に川が見えた。

麦「（わあ！　となって）絹ちゃん来て、絹ちゃん来て」

不動産屋と共に部屋を見ていた絹、出て来る。

絹「（ベランダを見て）おー」

麦「おーでしょ？　おーでしょ？」

不動産屋「ここ、駅から徒歩三十分ですよ？」

絹も麦も聞いてなくて、ベランダの空間を示し。

麦「ここにデッキ敷いて」

絹「椅子とテーブル置いて」

67　多摩川沿いのマンション・二人の部屋（日替わり）

リビングダイニングと寝室が一部屋。

絹と麦、カーテンを二人で両端を持って引くと、美しい色合いのカーテンが広がって、窓にかける。

レコードを飾り、本や漫画や写真を並べる。
こたつじゃなく、ウッディなローテーブルになった。
二人でソファーを持ち上げて設置する。
ベランダに出ると、床面にはデッキが敷いてある。
肩を寄せ合って、多摩川を眺める二人。

麦（M）「京王線調布駅から徒歩三十分、多摩川が見える部屋。僕と彼女は二人での生活をはじめた」
玄関に並んでいる二人のジャックパーセル。

68　パン屋（日替わり）

買ってきた花束とトイレットペーパーを持った絹と麦、入って来ると、アンティークなショーケースに惣菜パンが並んでいる。

絹（M）「十月二十九日、近所で年老いたご夫婦でやっている焼きそばパンの美味しいパン屋を見つけた」

感激し、パンを眺める二人。

69 通り

花束とトイレットペーパーを提げ、焼きそばパンを食べながら歩いてくる絹と麦。

麦「(パン屋のスタンプカードのイラストの夫婦を見て) こんな笑顔じゃなかったよね」

絹「(食べて) 美味しい」

70 十一月、多摩川沿いのマンション・二人の部屋 (日替わり)

机に向かってイラストを描いている麦。

麦(M)「十一月一日、ウェブサイトでイラストを描く仕事をワンカット千円ではじめた」

71 アイスクリーム店・店内

店のエプロンを着た絹、コーンを運んで奥に行くと、女性店長とバイトの男の子がいちゃいちゃしていた。

絹（M）「十一月一日、アイスクリーム店でバイトをはじめた。店長とバイトの子が不倫してた」

72　調布駅・駅前（夜）

文庫本を読みながら待っている麦。
到着した絹、声をかける。

麦（M）「バイト終わりには駅前で待ち合わせして二人で歩いた」

73　帰り道

コーヒー片手に、話しながら歩く絹と麦。

絹（M）「徒歩三十分の帰り道が何より大切な時間になった」

74　十二月、多摩川沿いのマンション・二人の部屋（日替わり）

夜、コンビニの小さなケーキを二つお皿に盛って、クリスマスをしている絹と麦。

プレゼントを交換する。

麦、開けてみるとブルートゥースイヤホンで、絹、開けてみるとブルートゥースイヤホンだった。

絹（M）「十二月二十四日、クリスマスプレゼントを交換した」

＊

日替わり夜、ベッドに寝転がってお菓子を食べながら、『宝石の国』三巻を一緒に読んでいる絹と麦。

ティッシュを渡し合って、涙を拭いている。

麦（M）「十二月二十九日、ベッドでお菓子食べながら、宝石の国を二人で読んだ。めっちゃ泣いた」

＊

日替わり、大晦日。

部屋の大掃除をしている絹と麦。

夜、作った年越しそばを食べる。

絹（M）「大晦日。実家には帰らなかった。大掃除をして、年越しそばを食べて」

75　近所の神社

ほとんど参拝客のいない小さな神社に訪れる絹と麦。

何やら声が聞こえて、そっちに行ってみる。

麦（M）「近所の神社へ初詣に向かって、二人で過ごした最初の一年の終わりに、猫を拾った」

段ボールに入った一匹の黒い子猫を見つけた。

76　字幕　手書きの文字で、〝2016〟と。

77　一月、多摩川沿いのマンション・二人の部屋（日替わり）

猫が歩いている。

机に向かって猫のイラストを描いている麦。

缶詰を皿に盛って猫にあげる絹。

絹（M）「わたしたちは猫に名前を付けた」

絹「バロン」

麦（M）「猫に名前を付けるのは最も尊いことのひとつだ」

78　四月、調布駅・駅前（日替わり、夜）

バイト帰りの絹と迎えに来た麦。

麦（M）「僕も彼女も大学を卒業し、フリーターになった」

麦、雑誌「たべるのがおそい」を出して見せて。

麦「これ見て、なんか創刊された雑誌みたいなんだけど、今村夏子さんの新作が掲載されてる」

絹「嘘。(見て) ほんとだ」

その場でガードレールなどによりかかって、読みはじめる。

絹(M)「四月十三日、今村夏子の新作を読んだ」

79 六月、多摩川沿いのマンション・二人の部屋(日替わり)

「くりばやし」のお持ち帰りの餃子を食べ、ビールを飲んでいる絹と麦。

足下で猫が眠ったりしている。

麦(M)「六月三日、府中でくりばやしの餃子を買って来て昼からビールを飲むという悪行を働いていたら」

絹、見ていたPCの画面を麦に示して。

絹「ねえ見て。これって、この人って……」

画面はYou Tubeで、Awesome City Clubの「Don't Think, Feel」のMVが表示されていて、PORINとなった美帆が歌っている。

麦「ファミレスのお姉さん！」
絹「だよね、すごいすごい」
麦「え、めっちゃ踊ってるんだけど。え、こんな人だっけ」
歌うPORINに興奮して見入る二人。
絹（M）「ファミレスのお姉さんは金髪になってポリンと名乗り、すっかり人気者になっていた」

＊

日替わり、ベランダに並べた椅子で手を繋ぎながら昼寝している絹と麦。
麦（M）「何故か不思議と、時の流れを感じることが続いた」

80　アイスクリーム店・店内（日替わり）

バイトしている絹、注文を受け、アイスをコーンに載せている。

81　多摩川沿いのマンション・二人の部屋

机に向かってイラストを描いている麦。

スマホにLINEの着信があり、見ると、〝コラムページのカット3枚追加でお願いします。ギャラは千円でよろしくです〟とある。

麦、あれ？　と思って、〝ワンカット千円ですか？〟と返信する。

返信が来て、〝3カットで千円ですー〟とある。

麦、迷いながらも、〝了解しました！〟と返信する。

絹がバイトから帰って来た。

絹「おかえり……」
麦「（スマホを手に）どうしよ、明日うちの親来るって」
絹「え」
麦「気を付けてね。うちの親二人共、価値観が全力で広告代理店だから。レトリックで丸め込もうとしてくるから」

＊

日替わり、夜、食事している絹、麦、早智子、芳明。

早智子「社会に出るってことはお風呂に入るってことなの」

絹「食卓でプレゼンしないで」

芳明、飾ってあるレコードを見て。

芳明「（麦に）君はワンオクとかは聴かないの？」

麦「あ、聴けます」

芳明「チケット取ってあげるからワンオク二人で行っておいで、ワンオク（ワンオクと言いたい）」

早智子「別にね、大手に就職しろって言ってるわけじゃないの。普通に働いてさえくれればいいの」

芳明「（麦に）今僕オリンピックやってるんだけどね……」

絹「オリンピックやるのは選手だよ、代理店じゃないよ」

早智子「社会に出るってことはお風呂と一緒なの。入る前は面倒臭いけど、入ってみたら入って良かったなって思うの」

麦「確かに」

絹「（麦を引っ張り）これが広告代理店のやり口なの」

早智子　「人生って、責任よ」
芳明　「（スマホが鳴って画面を見て）あ、ヒロさんからだ」
麦（M）「おそろしいことにその三日後、うちの父も新潟の実家から出て来た」

＊

日替わり、夜、麦の父・山音広太郎《ひろたろう》が訪れて、三人で食事している。
広太郎はスマホで「ジュピター」をエンドレスで流しっぱなしにしており。
広太郎　「おまえも長岡の人間だったら花火のこと以外は考えるな」
麦　「無茶言うなよ」
広太郎　「東京の花火は小さい小さい。早く長岡帰って来い」
麦　「やりたいことだってあるし」
広太郎　「だったら仕送り止める。その分、花火の寄付金に回す」
麦　「（動揺し）」

82　帰り道（日替わり、夜）

コンビニコーヒー片手に、話しながら歩く絹と麦。

麦（M）「仕送り五万円が花火になったので、コーヒーをコンビニコーヒーに変えた」

83　小さなギャラリー（日替わり、夜）

設置した水槽のクラゲの写真を撮影している海人、照明の手伝いをしている麦。

麦「今日、菜那さんって」
海人「銀座。あいつ、親父転がすの上手いから」
麦「（なんとなく理解して）あ……」
海人「ま、一時的にだよ。俺今、大川さんってクリエイターに認められてるし、CMの仕事入ったら金も入るし」
麦「あー」
海人「麦くん、（ペンで描く仕草をし）こっちどう？」

麦　「最近単価下がっちゃって」
海人　「菜那に言えば、絹ちゃんも店紹介してくれると思うよ」
麦　「え？」
海人　「負けんなよ。協調性とか社会性って、才能の敵だからさ」
麦　「……」

84　道路

麦、帰っていると、スマホにＬＩＮＥの着信。

見ると、〝３カット１ｋでお願いします〟とある。

少し迷って、〝すいません。ワンカット千円の約束だったと思うんですが〟

と打って、返す。

すぐに返信が来て、〝そしたらいらすとや使うんで大丈夫です。おつかれさまでした〟とある。

85　多摩川沿いのマンション・二人の部屋

お風呂から出た絹の髪を乾かしている麦。

麦、ドライヤーを止めて。

麦「絹ちゃんあのさ。俺、就職するね」

絹「え？」

麦「ちょっと遅くなったけど就活はじめる」

絹「絵は……？」

麦「仕事しながらでも描けるし、食べていけるようになったらまたそっちに軸足戻せばいいし」

絹「うちの親が言ったから？」

麦「違う違う。ほら、ずっと書いてなかった今村さんも新作書いたでしょ？　あひる面白かったじゃん。ファミレスのお姉さんだって、ポリンさん、今すごいじゃん。俺も次行かないとって思ってさ。ダメ？」

絹「ダメじゃないけど、このままずっとこういう感じが続くのかなって思ってたから」

麦「こういう感じだよ。ただ就職するってだけで何も変わらないよ。だってお金なかったら本も買えないし、映画も見れないでしょ」

絹　「そうだけど」
麦　「(笑顔で) 俺、働くよ」

86　八月、多摩川沿いのマンション・二人の部屋（日替わり、朝）

絹、ベランダに立って、リクルートスーツを着て出かけて行く麦を見送る。
絹　「(手を振って) いってらっしゃい」
手を振って、歩いて行く麦。
絹、部屋に戻って、届いていた大封筒を開ける。
簿記二級試験の通信講座である。

87　オフィスビル・ロビー

着慣れないスーツ姿で入って来た麦。
絹(M)「その夏、シン・ゴジラが公開されても、ゴールデンカムイの八巻が出ても」

88　**面接会場**

社員からの面接を受けている麦。

絹（M）「新海誠が突如ポスト宮崎駿になっても、渋谷パルコが閉店しても、わたしたちの就活は続いた」

89　**多摩川沿いのマンション・二人の部屋（夜）**

深夜、エントリーシートを書いている麦。

簿記の勉強している絹。

絹（M）「普通になるのって難しい」

90　**十二月、歯科医院（日替わり）**

医師から採用の言葉をもらって、よろしくお願いしますと頭を下げている絹。

麦（M）「十二月、簿記二級の資格を取った彼女の就職が先に決まっても」

91　多摩川沿いのマンション・二人の部屋（日替わり、夜）

絹、ＰＣでAwesome City Clubの「今夜だけ間違いじゃないことにしてあげる」のビデオを見ている。

ＰＯＲＩＮの髪はピンク色になっている。

麦は机に向かってエントリーシートを書いている。


麦（Ｍ）「ファミレスのお姉さんの髪がピンクになっても、スマスマが最終回を迎えても、僕だけ就活が続いた」

＊

先に寝ている絹。

机に向かってエントリーシートを書き続けている麦。


麦（Ｍ）「一月から彼女は働きはじめる。年内に就職を決めたい」

起きていた絹、机に向かう麦を見る。


絹（Ｍ）「決まりますように」

麦（M）「だけどそのまま年を越して」

92　字幕　手書きの文字で、〝2017〟と。

93　一月、歯科医院（日替わり）

経理担当として仕事している絹。

94　同・外

絹、華やかな服を着た同僚・平野愛梨《ひらのあいり》、若槻花織《わかつきかおり》と共に出て来て。

絹「お疲れさまでした……」

若槻「八谷さんって毎回単独行動だね」

さらっと言いながらも目配せする平野と若槻。

絹「（あ、と思って、笑顔で手を挙げ）行きます」

平野「あ、行く？　コリドー街。名刺集め」

95　コリドー街のビアレストラン・店内

平野、若槻と一緒に飲んでいる絹。

平野「（小声で）来た来た」

男性三人組が来て、名刺を配りつつ。

男性「奢りますよ。何ーラ飲みます？」

平野・若槻「じゃあ、テキーラ」

絹、臆していると、スマホに麦からの着信。

絹「お手洗い行ってきます」

96　同・洗面所

絹、スマホでかけ直しながら個室に入って座る。

絹「ごめん、今気付いて……」

麦の声「絹ちゃん」

絹「うん。今どこ……」

麦の声　「内定決まった」
絹　「……」
麦の声　「就職決まった」
　絹、感情が込み上げ、思わず壁によりかかり。
絹　「おめでとう……おめでとう……」

97　多摩川沿いのマンション・二人の部屋（日替わり）

　ベランダのテーブルで、食事とワインでお祝い会をしている絹と麦。
　絹、物流サービスの会社の案内パンフを見ている。
麦　「ネット通販専門の物流関係で、新しい会社だけど、これから伸びると思うんだよね」
絹　「うん」
麦　「あといいのは、五時には必ず帰れるって」
絹　「じゃあ、絵、描けるね」
　頷く麦、川を見つめながら。

麦　「良かったよ、ほんと。これでもう、絹ちゃんとずっと一緒にいられる」
絹　「（え、と麦を見る）」
麦　「絹ちゃんと出会って二年、楽しいことしかなかった」
絹　「（うん、と）」
麦　「それをこれから先もずっと続ける。僕の人生の目標は絹ちゃんとの現状維持です」
絹　「（嬉しく微笑み、頷く）」
　川を見つめる二人。
麦　「ニンテンドースイッチ買わなきゃね」
絹　「ゼルダ楽しみだね」

98　六月、多摩川沿いのマンション・二人の部屋（日替わり、朝）

　急いで出勤の支度をしている絹と麦。

　テレビの脇に置いてあるNintendo Switch。

麦（M）「スイッチとゼルダは買ったけど、研修が意外に忙しくて、ゾーラの里で止まってる」

99　麦の勤める会社・オフィス

忙しく、しかし楽しそうに仕事をしている麦。

絹（M）「彼は営業部に配属されて、帰りが八時過ぎることもある。はじめのうちは仕方ないらしい」

100　帰り道（夜）

また以前のコーヒーを飲みながら帰る絹と麦。

絹「牯嶺街《クーリンチェ》もうすぐ終わっちゃうよ。金曜は？」

麦「金曜は……ダメだ、親睦会が入ったんだ」

絹「（微笑み）映画はいつでも行けるから」

101　八月、韓国料理屋（日替わり、夜）

チーズタッカルビを食べている絹、菜那、祐弥、彩乃、大夢。

大夢「やっぱ金無いから海人さんと別れたんすか？」

菜那、前髪を持ち上げ、額の傷を見せる。

祐弥「え、あの人、殴ったの？」

彩乃「最低」

大夢「いや、海人さんも辛かったんだと思いますよ。自分のやりたいことが世間に認めてもらえないから、つい」

菜那「（苦笑し、絹に）麦くんは偉いよ」

絹「（合わせて微笑みながら）……」

102 多摩川沿いのマンション・二人の部屋

絹と、上着を脱いでネクタイを外しただけの格好で、コンビニのうどんなどを食べている麦。

麦「別れた男とお揃いのタトゥーはきついよね」

絹「菜那さん、麦くんに会いたがってたよ。来週とかどう?」
麦「今度さ、単独でエリア任せてもらえることになったんだよね(と、暗に思いを伝えて)」
絹「(え? と思うが)そうなんだ」
麦「企画出してみたらって言われてるし、結構人脈広がってきててさ(だからわかって)」
絹「(わかったよ)良かったね」
麦「(微笑み)」
麦、食べ終えたのを持って台所に行く。
絹、机の上の、仕事の書類に追いやられているイラスト用の道具が目に入って、……。
麦、台所で、ふうと軽く息をついて、……。

103 多摩川沿いのマンション・二人の部屋(日替わり、夜)

滝口悠生の『茄子の輝き』を読んでいる絹。
机に向かって表計算ソフトで作業をしている麦。

読み終えて本を閉じ、感動と共にふうと息をつく絹。
絹、本を持って、麦に話しかけようとした時、麦のスマホにＬＩＮＥが来た音がして。

麦「（スマホを見て）舞台だっけ、いつだっけ、なんか観に行こって言ってたの」
絹「わたしの星のこと?（と、内心困惑しながら、置いてあるチラシを示し）土曜だけど」
麦「出張は日曜なんだけどさ、前乗りしようって話あって」
絹「（困惑しているが、すぐに微笑み）うん、大丈夫」
麦「（絹を見る）」
絹「大丈夫だよ」
麦「じゃあ前乗り断って、行くよ」
絹「え、何で?　大丈夫だって……」
麦「大丈夫じゃないでしょ。チケット取ってあるんでしょ」
絹「仕事だから」
麦「てゆうか、俺だってそういうの嫌なんだよ。仕事がとか、そういうこと言うの嫌

絹　に決まってるじゃん」
麦　「わかってる」
絹　「ただ、絹ちゃんと生活習慣が合わないってだけで」
麦　「え？（と、驚く）」
絹　「いやだから、今大事な時だから……」
麦　「わかってるよ」
絹　「またかって顔したじゃん」
麦　「またかとは思うよ。またかだから。でもわたしが言ってるのは……」
絹　「だから行くって言ったじゃん」
麦　「じゃあって。じゃあだったら行きたくないよ」
絹　「え？」
麦　「じゃあの数が多いんだよ、最近」
絹　「（面倒くさいな）」
麦　「面倒くさいって顔しないでよ」
絹　「じゃあ、面倒くさいって顔しません」
麦　「何でそんな言い方するの」

麦「また言い方のことで怒られた」
絹「(息をつき) こんなどうでもいいことで喧嘩したくない」
麦「その舞台って前にも観たことあるやつでしょ…… (思い当たって) 違うか。また再演して欲しいねってずっと話してたのか」
絹「(そうだよ、そのことだよ)」
麦「ごめん」
頷く絹、『茄子の輝き』を差し出して。
絹「これ良かったよ。出張に持ってったら?」
麦「ありがとう」
また麦のLINEに着信があり、横目に見る。
すっと離れる絹。
麦、机に置いた『茄子の輝き』の上に書類を置く。
さらにその下に読んでいない本 (佐藤亜紀の『スウィングしなけりゃ意味がない』、小川哲の『ゲームの王国』、近藤聡乃の『A子さんの恋人』一から三巻) がある。
各々の作業をする二人。

玄関に並んでいる二人の黒い革靴。

104　静岡、駐車場の自販機の前（日替わり）

麦、会社の先輩の横田圭祐《よこたけいすけ》（33）と共に車のトランクから営業関係の荷物を下ろしている。

横田「五年の我慢だよ、五年頑張ったら楽になるから」
麦「（長いなあと思いつつ）はい」
麦の肩をぽんと叩き、先に行く横田。
麦、行こうとするとバッグから『茄子の輝き』が落ちる。
車内に置いて、横田を追う。

105　三鷹市芸術文化センターの前

ままごとの「わたしの星」の公演ポスターが貼ってあり、公演が終了して出て来る客たちの中に絹の姿がある。
感動が続いているのか、目元を指で拭う。

106　静岡、炭焼きレストランさわやか・店内

横田と共にハンバーグを食べる麦。

横田「最高でしょ。さわやかのために静岡住もうかと思うもん」

麦「最高ですね……（と、複雑）」

107　十月、多摩川沿いのマンション・二人の部屋（日替わり、夜）

机に向かって、持ち帰った仕事をしている麦。

絹がお茶を置く。

麦、仕事を続けており、絹、ソファーに戻る。

麦「……（気付いて）あ、ありがとう」

絹「（微笑み）おつかれ」

絹、Nintendo Switchで「ゼルダの伝説」を起動させ、大きめの音が鳴る。

麦、手を止める。

絹「あ、ごめん」

絹「ううん。ゼルダ？」

麦「うん、崖登ってるだけで楽しいんだよね。今ね、水の神獣ヴァ・ルッタっていうのと戦ってて、あ、ちょっとだけやってみる？」

絹「あ、今大丈夫かも」

麦「そうだよね。ごめん」

うううんと首を振り、またデスクに向かう麦。

絹、音を小さめにして、「ゼルダの伝説」をはじめる。

麦、仕事を続けるものの、小さな音も気になる。

苦戦している絹、あ、と小さく声を出す。

麦、バッグの中を探りはじめる。

絹「うるさかった？」

麦「（バッグからイヤホンを取りだして）大丈夫」

絹「（それを見て、え、と）」

麦「大きい音でやっていいよ」

絹「（首を振り）わたし別に今やんなくても……」

麦「大丈夫、絹ちゃんだって一日働いて今休んでるんだから」

絹「(ぽかんとして麦を見て)……」

麦、イヤホンをした。

音が消えた。

作業を続ける麦。

絹が呆然としているがもう気付かない。

108 十二月、渋谷の街(日替わり、夜)

街はクリスマスムードの中、歩いてくる絹と麦。

麦「クリスマスだよ? 買い物しようよ」

絹「映画観たいの」

絹、麦の手を引いて行く。

109 渋谷ユーロスペース・館内

『希望のかなた』を観ている絹と麦。

高揚している絹。

まったく内容が頭に入らない様子の麦。

110 **書店**

何冊か文庫本を持っている絹、本棚から「たべるのがおそい」の四号を手にし、周囲を見回す。

向こうのコーナーに麦がいて、歩み寄る。

麦がいたのはビジネス書のコーナーで、麦は前田裕二の『人生の勝算』を手にし、立ち読みしている。

絹、……と、声をかけるのをやめ、引き返す。

111 **多摩川沿いのマンション・二人の部屋**

絹、リビングを消灯して寝室に入ると、ベッドに腰掛けてスマホを見ている麦。

麦「映画面白かったね」
絹「(気持ちのない言葉とわかってるけど)ね」

絹、照明を枕元だけ残して消し、ベッドに入ると。

麦「同期がさ、結婚するんだって」

絹「へー」

麦もベッドに入りながら。

麦「そういうの考えたりする？」

絹「うん？」

麦「いつ頃がいいかなとか」

絹「……（首を傾げる）」

麦「ない？」

絹「考えたことなかったかな」

麦「考えてみてもいいと思うんだけどね」

絹「あー」

絹、枕元の灯りも消そうとすると。

麦「また映画とかさ、何かして欲しいこととかある？」

絹「……ベランダの電球切れてて」

麦「あー、あ、この間言ってたっけ、ごめんごめん」

絹「ううん」
麦「やっとくよ。おやすみ」
絹「おやすみ」
枕元の灯りを消し、眠る二人。
絹（M）「よくわからなかった。三ヶ月セックスしてない恋人に結婚の話を持ち出すってどういう感じだろう」
麦（M）「よくわからなかった。いつまで学生気分でいるんだろ。ずっと二人でいたいって思ってないのかな」

112 字幕
手書きの文字で、〝2018〟と。

113 一月、多摩川沿いのマンション・二人の部屋（夜）
猫が出て来る。
PCで「ストレンジャー・シングス」を観ている絹、ビジネス書を読んでいる麦。
二人共、イヤホンをしていて、無音だ。

絹、キッチンに行ってみかんを取り、麦も来て、冷蔵庫からお茶を出す。
言葉を交わさず、元の位置に戻る。
猫がそんな二人を見ている。

114　三月、街角（日替わり）

ケータリングトラックのカレーを、傍らに設置されたベンチテーブルで食べている絹と菜那。

菜那「でもさ、そこそこ工夫しないと気分も上がらないでしょ」
絹「工夫って？」
菜那「道具使うとかさ」
絹「（苦笑し）馬鹿じゃないの」
菜那「だって付き合って三年でしょ」
二人の背後、加持航平《かじこうへい》（40）が菜那に気付いて、近付いてくる。
絹「（気付かずに）え、じゃあ、世の中の三年付き合ってるカップルはみんな道具使ってしてるってこと？」

加持　「（え、と）」

菜那　「（気付き）あ、加持くん」

絹　「（え、と振り返って、恐縮してどうも、と）」

115　近所のパン屋の前（日替わり）

買い物したレジ袋を提げた絹、歩いてくる。

パン屋の前に来て、え、と思う。

手書きの文字で、〝五十八年間ありがとうございました〟との旨の閉店のお知らせが貼ってある。

絹、ショックを受けて、……。

116　麦の勤める会社・オフィス

自販機の紙カップのドリンクを飲んでいる麦と後輩社員の小村勝利《おむらかつとし》（23）。

麦　「鏑木運送のドライバーが配送中のトラックを海に捨てたんだって」

小村　「は？　どういう意味すか？」

横田が来る。

麦「ドライバーの名前わかりました?」

横田「飯田。知ってる?」

麦「前にロストした荷物、一緒に探したことあります。僕と同い年だって」

横田「対策室作るって。おまえ、担当になると思うよ」

ドリンクを買って戻って行く横田。

麦、困惑していると、スマホのバイブが鳴る。

絹からLINEで、〝パン屋の大木さん、お店畳んじゃってたよ(涙マーク)〟と。

息をつき、面倒そうにスマホに打ちはじめる。

117　多摩川沿いのマンション・二人の部屋(夕方)

絹、スマホを見ており、麦からのLINEで〝駅前のパン屋で買えばいいじゃん〟とある。

絹、……。

またLINEが来て、見ると、麦ではなく、〝加持さん〟からで、〝先日の件、考えてくれた？〟と。

絹、……。

118　麦の勤める会社・倉庫（夜）

小村がスマホでネットの記事を麦に見せる。

宅配ドライバーが東京湾にトラックを捨てた事件の記事である。

まとめサイトにドライバーの顔写真が流出している。

麦、スマホを小村に返し、倉庫内を見る。

運び込まれた宅配便の段ボールが大量に積んである。

どれもひどく濡れており、破損している。

麦、水がしたたる段ボールをひとつ手にする。

麦（M）「配送中のトラックを東京湾に捨てたドライバーは、新潟で逮捕された。年齢だけじゃなくて、出身も一緒だった。取り調べで彼が言ったらしい。誰でも出来る仕事なんてやりたくなかった。俺は労働者じゃない。って」

119　麦の勤める会社・会議室（日替わり、深夜）

事故対策室になっている部屋。
ホワイトボードには、紛失した荷物をどう補償していくのかに関する会議の記録。
大量のリストを作り、作業をしている麦と小村。

小村「羨ましい気もしますね。全部放り出して逃げたくなることってあるじゃないすか」
麦「羨ましくないよ。生きるってことは責任だよ」
小村「へー、大変すね」
麦「何だよ、へー大変すねって」
小村「すいませーん」
と言って、出て行く。
麦、思わず書類の束を投げかけてやめて、置く。

＊

床に置いた寝袋に入っている麦。

起きていて、スマホでパズルゲームをしている。

120　麦の夢

あの日、ベッドの上でごろごろしながら絹と一緒に『宝石の国』を読んでいる麦。

麦の声「僕の人生の目標は絹ちゃんとの現状維持です……」

121　四月、多摩川沿いのマンション・二人の部屋（日替わり、夜）

部屋着に着替えた麦、ソファーに腰を下ろす。

振り返り見ると、キッチンで、絹が音楽にのりながら缶ビールを飲んでいる。

ノートPCにはYou Tubeで、Awesome City Clubの「ダンシングファイター」のMVが映っている。

読みかけの「ゴールデンカムイ」の十三巻が置いてある。

麦、遠い目で見て、……。

絹、缶ビールを飲みながら、落としそうになりつつティーポットとカップを持って来る。

絹「まだ仕事あるの？（ビールを示し）飲まない？」

麦「ゴールデンカムイって、今十三巻まで出てるんだ？」

絹「うん？あ、うん、どんどん面白くなってる。（ポットを見て）もうちょっと待ってね」

麦「うん……（と、素っ気なく）」

絹「（不機嫌な気配を察し、微笑んで）」

絹、缶を置き、音を消し、漫画や本を片付ける。

麦、見ると、イベント会社の企画書などがあった。

何だろ？と手に取る。

絹「（あ、と）」

麦「（ぱらぱらっとめくって）何これ」

絹、覚悟して、座り直して。

絹「転職しようかなって」

麦　「へ？（と、なんか微笑って）」
絹　「イベント会社。知り合いに好きな映画の話とかしてたら誘われて。派遣だし給料減るけど、今もうね、仕事終わりに顔出したり、教わったりしてて……」
麦　「え、事務の仕事は？　知り合いって？」
絹　「もう辞めるって伝えてある。知り合いはそのイベントの会社の社長の人」
麦　「え、待って待って。俺、知らない話しかないんだけど」
絹　「ごめん」
麦　「何で？　せっかく資格取って入ったのに、何でそんな簡単に仕事放り出せるの？」
絹　「（頷き）それはそうだけど、やってて、やっぱり向いてないなって思ったから」
麦　「向いてる向いてないとか、そういう問題じゃなくない？　それで何でイベント会社なわけ？　それは向いてるの？」
絹　「好きなこと活かせるし」
麦　「好きなこと」
絹　「この会社ね、謎解きのアトラクションとかやってて、漫画の原作使ったり、音楽のプロモーターもやってるし」
麦　「遊びじゃん」

絹　「そうだね。会社のそういうポリシーあるんだよ、遊びを仕事に、仕事を遊びにって」

麦　「ダサ」

絹　「（微笑って）ま、そこはダサいとは思う。毎日テキーラ飲んでるし」

麦　「仕事は遊びじゃないよ。そんないい加減なとこ入って、上手く行かなかったらどうするの？」

絹　「その時はその時……（言いかけてやめて）そうだね。麦くんはちゃんと仕事に責任感じて、大変な思いしてやってるんだもんね」

麦　「大変じゃないよ別に。仕事だから。取引先のおじさんに死ねって怒鳴られて、ツバ吐かれて。俺、頭下げるために生まれてきたのかなって思う時もあるけど、でも全然大変じゃないよ、仕事だから」

絹　「（痛ましく感じ）その取引先の人、おかしいよ」

麦　「偉い人なんだよ」

絹　「偉くないよ。偉いのかもしれないけど、その人は、今村夏子さんのピクニック読んでも何も感じない人だよ」

麦　「……」

絹　「そんな人に麦くんが傷付けられるのは……」
麦　「俺ももう感じないのかもしれない」
絹　「……」
麦　「ゴールデンカムイだって七巻で止まったまんまだよ。宝石の国の話もおぼえてないし、いまだに読んでる絹ちゃんが羨ましいもん」
絹　「読めばいいじゃん、息抜きぐらいすればいいじゃん」
麦　「息抜きにならないんだよ、頭入んないんだよ。（スマホを示し）パズドラしかやる気しないの」
絹　「……」
麦　「でもさ、それは生活するためのことだからね。全然大変じゃないよ。（苦笑しながら）好きなこと活かせるとか、そういうのは人生舐めてるって考えちゃう」
絹　「（首を振り）好きで一緒にいるのに、何でお金ばっかりになるんだろって」
麦　「ずっと一緒にいたいからじゃん。そのためにやりたくないことも……」
絹　「わたしはやりたくないことしたくない。ちゃんと楽しく生きたいよ」
麦　「（きつい口調で）じゃあ結婚しようよ」
絹　「（え、と）」

麦「結婚しよ。俺が頑張って稼ぐからさ、家にいなよ。働かなくても、別に家事もしなくても、毎日好きなことだけしてればいいよ」
絹「それってプロポーズ？」
麦「……」
絹「今、プロポーズしてくれたの？」
麦「……」
絹「思ってたのと違ってたな」
麦「(うなだれて)……忘れて」
絹「(首を振り) わたしも、ごめん」
麦「(首を振る)」
絹、ティーポットを手にし、カップに注ぐ。
絹「お茶、苦くなっちゃったかも……」
麦、受け取り、飲んで。
麦「これぐらいでちょうどいいかも」
二人、薄く微笑って。
麦「……最近何見てるの？ ウォーキング・デッド？」

絹　「はもうあんまり。今はね、これ。すごい面白いよ」
　PCの画面に「マスター・オブ・ゼロ」を表示させる。
麦　「(見るが、なんかよくわからなくて) ふーん」

122　七月、イベントホール・入場エリア (日替わり)

　謎解き系アトラクションが行われようとしている。

　ラフな服装で、腰のベルトにガムテープなどを付け、客の動線用のポールを立てたりしている絹。

　遊びに来た菜那と話していて。

菜那　「もう加持くんから誘われたりした?」

　向こうに加持がいて、モデル風の女の子たち数人に囲まれて、写真を撮ったりしている。

絹　「(苦笑し) まわりに綺麗な子いっぱいいるもん」

123　バー・店内 (夜)

絹、目を覚ますと、ソファー席に横になっており、隣で飲んでいる加持の膝に頭を載せている。
周囲では打ち上げが行われている。

絹「え?」
加持「お、起きたな」
絹、慌てて起き上がって。
絹「え、何でわたし……」
前の席にいる社員の塚本《つかもと》(29)が微笑って。
塚本「ここ来て一杯飲んですぐ潰れてさ。社長に絡んで、わたしどうすかわたしどうすかって言いながら膝で寝ちゃったんだよ」
絹「嘘……」
席を外す塚本。
加持「大丈夫? ラーメンでも食いに行こうか?」
絹「(え、と)」

124　走る京王線の電車の車内

混み合っている終電の車内、ドア前に立っている絹。

スマホのＬＩＮＥの加持からの〝じゃあまた明日〟に対し、〝はい。じゃあまた明日〟と返す。

電車が少し揺れ、向こうに麦がいるのに気付く。

麦、あ、となって、微笑みかけてきた。

絹、思わずスマホをポケットにしまう。

笑顔で返すが、何か気まずい。

125　十二月、葬儀会場・会場内（日替わり）

通夜が行われており、喪服の人々が参列している。

祐弥、彩乃、大夢がいる。

お焼香台の前に立つ絹と麦。

祭壇の遺影は海人だ。


麦（Ｍ）「先輩が死んだ。お酒を飲んでお風呂で寝て死んだ」

126　同・外

通夜を終えて出て来た絹、麦、祐弥、彩乃、大夢。
泣いている大夢の肩に手をやる麦と祐弥。
見守っている絹と彩乃。

麦（M）「飲むと必ず、みんなで海に行こうと言い出す人だった」

127　名代富士そば・店内（夜）

無言でそばを食べている絹と麦。

麦（M）「お通夜が終わって、先輩が好きだった紅生姜天そばを食べて帰った」

128　多摩川沿いのマンション・二人の部屋

ソファーでビールを飲んでいる麦。

麦（M）「一晩中先輩の話をしたかったけど、彼女はすぐに寝てしまった」

寝るねと言って寝室に入っていった絹。
淋しげにその後ろ姿を見ている麦。

＊

Nintendo Switchで「ゼルダの伝説」をしている麦。
麦（M）「ひとりでゲームをして」

129 川べり

ひとり座って、ぼんやりしている麦。
麦（M）「外散歩して、少し泣いたら眠くなったので寝た」

130 多摩川沿いのマンション・二人の部屋（日替わり、朝）

出勤するため、スーツを着ている麦。
絹、話しかけているが、麦は上の空。

麦（M）「次の日の朝、彼女が話をしようとしてきたけど、なんかもうどうでもよかった」

絹（M）「彼の先輩が死んだ」

131　繰り返しで、葬儀会場・外

通夜を終えて出て来た絹、麦、祐弥、彩乃、大夢。

泣いている大夢の肩に手をやる麦と祐弥。

絹（M）「悪い人じゃなかったけど、お酒を飲むとすぐ女の子を口説こうとする人だった」

複雑な思いで目線を交わす絹と彩乃。

絹（M）「恋人に暴力をふるったこともあった」

132　多摩川沿いのマンション・二人の部屋（夜）

寝室で寝間着に着替えながら、ソファーでビールを飲んでいる麦を見る絹。

絹（M）「亡くなったことは勿論悲しかったけど、彼と同じように悲しむことは出来なかった」

絹、外に出かけて行く麦が見える。

絹（M）「そんな自分も嫌になって」

＊

朝になって、出勤の支度をしている麦。

絹、話しかけるが、麦はどこか上の空。

絹（M）「次の朝打ち明けようと思ったけど、もう遅かった。なんかもうどうでもよくなった」

133　ライブハウス・会場内（日替わり）

ステージ上でAwesome City Clubがリハーサルの演奏をしている。

フライヤーの仕分けをしている絹。

ステージから青い髪のＰＯＲＩＮが絹に親しげなサインを送り、絹、それを返す。

加持が入って来て。

加持　「おはよう」
絹　「おはようございまーす」
菜那の声「最終的には別れたけど、結婚する未来もあったかなとは思ってるよ」

134　小さなギャラリー

海人が撮った写真のプリントを整理している菜那。
見守っている麦。

菜那　「こういうとこ嫌だなって思うところにも慣れるし、嫌だなって気持ちにも慣れるし。でも一回別れること考え出したらね、かさぶたみたいに剝がしたくなるんだよね」
麦　「(同意)……」
加持の声「恋愛って生ものだからさ、賞味期限があるんだよ」

135　ライブハウス・会場内

客席に腰を下ろし、Awesome City Club のリハーサルを見ながら話している絹と加持。

加持「そこ過ぎたら引き分け狙いでボール回してる状態になるわけでしょ。そりゃあ、ひとりの淋しさよりふたりの淋しさの方がより淋しいって言うし」

絹「(同意)……」

136 小さなギャラリー

菜那「わたしは麦くんと絹ちゃんには別れて欲しくないけど、若い時の恋愛と結婚は違うしね」

麦「……」

137 ライブハウス・会場内

加持「別れて別の男探せばいいんじゃないの?」

絹「……」

138　スーパーマーケット・前（夜）

レジ袋を提げて、それぞれ別々に出て来る絹と麦。
お互いに気付いて、あ、と。

絹（M）「その夜久しぶりに彼と寝た」

139　多摩川沿いのマンション・二人の部屋

枕元の明かりを残して、ベッドに入った絹と麦。
何度か寝返りを打つ。
麦、布団の中で手を伸ばす。
絹、その手に気付く。

絹「(するの?)」
麦「(いい?)」
絹「(うん)」
麦、絹に覆い被さり、首筋にくちびるを寄せる。

絹、麦の体に腕を回す。
抱き合いはじめる二人。

＊

夜が明けはじめている。
寝室のドアが開いて、出て来る麦。
台所で水を飲んでいる絹がいる。
絹、空いたグラスにもう一度水を入れて、麦に渡す。
麦、ありがとうと受け取り、飲む。
鳥の声が聞こえて、振り返り、ベランダを見る。
歩み寄り、ドアを開け、ベランダに出る。
色褪せたデッキを裸足で踏んで、柵の前に立つ。
川が見え、水の流れる音が聞こえる。
二人の表情に、淋しさと、虚無感と。

140　字幕　手書きの文字で、〝2019〟と。

141　二月、横浜の結婚式場・チャペル（日替わり）

結婚式が行われている。
神父の導きにより、新郎が新婦のベールをあげる。
新婦は彩乃で、新郎は祐弥だった。
参列者の中に並んで座っている絹と麦。

142　同・チャペルの前

花びらを持って、列を作って新郎新婦が出て来るのを待っている参列者たち。
反対側の列にいる麦、絹。
麦は大夢といて、絹は菜那といる。
以下、麦は大夢に、絹は菜那に話している。

麦「絹ちゃんと別れようと思ってる」
絹「麦くんと別れようと思ってて」

麦「今もう全然会話もなくてさ」
絹「喧嘩にもならないんだよね」
麦「感情が湧かないの」
絹「でもどうやって別れたらいいかわかんなくて」
麦「別れようで済むのって交際半年以内でしょ」
絹「うち、五年目突入でしょ。ほら、スマホの解約だって」
麦「どのページに行ったら解約出来るかわからなく出来てるでしょ。引き止めてくるでしょ」
絹「別れたくないよ、今解約すると損しますよって」
麦「とにかく今日、この結婚式が終わったら」
絹「別れるから」
麦「別れるから」
絹「でもね」
麦「でもね」
絹「最後だからこそ」
麦「最後くらいは」

絹「笑顔で」
麦「笑ってさ」
絹「じゃあねって言おうと思ってるんだよ」
麦「幸せになってねって言いたいんだよね」

笑顔の絹、麦。
新郎新婦が出て来て、列の間を歩く。
みんなと一緒に笑顔で花びらを投げる絹、麦。

絹「おめでとう」
麦「おめでとう」

143 みなとみらいの通り（夜）

二次会を終え、引き出物を提げて歩いてきた絹、麦。
みんなは三次会に向かって行く。
麦、共に行こうとすると、絹が向こうを見ている。
麦、見ると、観覧車が見える。
観覧車を見つめる二人。

麦「観覧車乗ったことある？」
絹「え、ないの？」
麦「ないね」
絹「四年一緒にいても知らないことあるんだ。乗る？」
麦「あ、乗る？」

144　観覧車

眼下に広がる夜景を見下ろし、乗っている絹と麦。
引き出物を見ている二人。

絹「選べるやつだね。近江牛とかでしょ」
麦「てゆうか、ここって外見る場所じゃない？」
絹「夜景好き？」
麦「普通？」
絹「わたし、わあ素敵とか思わないんだよね」
麦「ミイラに、わあ素敵って思う人だからね」

絹「自分も結構楽しんでたじゃん」
麦「あの時はだって、ほら」
絹「初のね、デートだったしね」
麦「内心は引いてたよ」
絹「わたしも劇場版ガスタンクはすごい眠かったけどね」
麦「眠かったっていうか寝てたし」
絹「寝てたね、すごい寝た」
　微笑う二人。

145 **カラオケボックス**

　個室にてフレンズの「ＮＩＧＨＴ ＴＯＷＮ」を歌っている絹。
　男性パートで入る麦。
　肩を組んで二人で歌う、笑顔の二人。

146 **通り**

　たくさん歌って疲れて、歩いてくる絹と麦。

麦　「帰りますか」
絹　「そうすね」
　　少し歩いて、二人、またすぐ止まって。
絹　「帰る前に……」
麦　「うん、帰る前にちょっとどっか」
絹　「寄ってこうか」
麦　「うん」
　　二人、共通の思いを理解していて。
麦　「あ、じゃあ、あれ、あそこのファミレス、とか」
絹　「あ、あー、いいね、久しぶり、だし」

147　ファミレスの店内

　　男性店員に案内されてくる絹と麦。
　　以前よく座っていたテーブルを見ると、男性客二人が食事している。
店員　「(通路を挟んだ反対側の席を示し)こちらどうぞ」

麦「あ、はい」
二人、以前よく座っていた席を名残惜しく見るが、店員に指定された席に着く。

＊

ドリンクバーのカフェオレを飲んでいる絹と麦。

飲んで目が合って、さて本題に入ろうかと思った時、テーブルに置いた絹のスマホにＬＩＮＥが着信する。

絹、あ、と思って下に置く。

麦「いいよ、出て……」

麦のスマホにもＬＩＮＥが着信する。

二人のスマホに着信が続く音。

苦笑し、スマホを見ると、送られてきたのは、二次会でのツーショット写真だ。

二人、笑って、見せ合って。

麦「めっちゃ笑ってるじゃん」
絹「楽しかったもん。自分だって」
麦「楽しかったもん」
　二人、スワイプして続く写真を見る。
　隣のテーブルの客たちが立ち、席が空く。
　麦、写真を見せる。
　バーベキューをしている絹、麦、海人、菜那、祐弥、彩乃、大夢の写真だ。
絹「何年前？」
麦「三年？」
絹「そっからもう三年か……あ」
　絹も写真を見せる。
　誕生日ケーキを前にした絹と麦。
麦「これだって」
絹「若いね」
　絹と麦、過去の写真を見続ける。
絹「……楽しかったね」

今まで楽しかったね、とぽつり言う。
麦「(え?　と絹を見る)」
絹「(麦を見て、頷く)」
麦「……(頷き)楽しかったね」
今まで楽しかったね、と。
絹、その時が来たと思って、スマホを下に置く。
麦、それを見て、ためらいがあるが、下に置く。
麦「……ちょっと、じゃあ」
絹「うん」
麦「話そうか」
絹「話そ」
麦「今日がいいと思う」
絹「別に明日以降でも……」
麦「今?」
絹「今がいいと思う。今日楽しかったし」
麦「うん」

絹　「（頷く）」
麦　「四年ね、四年楽しかったし」
絹　「うん」

麦、絹の顔を正面から見て、何か少しずつ込み上げるものがありながら。

麦　「絹ちゃん」
絹　「うん」
麦　「えっと、えっとさ、今日まで」
絹　「うん」
麦　「長かったし、まあ色んなことあって、あったけど」
絹　「うん」
麦　「俺は、俺はね、少なくとも、今日までの、こと……あ、さっきもう一個写真あったんだよね」

麦、もう一度スマホを見ようとする。

絹　「麦くん（と、止める）」
麦　「（手を止めて）……」
絹　「ありがとうね」

麦「……」

絹「まあ、そのひと言なんだけどさ。楽しかったことだけを思い出にして、大事にしまっとくから。麦くんも、さ」

麦「……（動揺がある）」

絹「部屋はね、とりあえずわたし出て行くよ。わたしの給料じゃ、あそこ払えないし。そのあと住むかどうかは麦くん好きにしてもらえれば」

麦「（頷き）……」

絹「バロンは、わたしが連れて行きたいけど、麦くんもそうだろうし、それはこれから話していこ。バロンの考えもあるかもしれないし（と、微笑む）」

麦「（合わせて微笑むが）……」

絹「あと、なんだっけ。家具とか、光熱費とか……うん。でも四年、本当にありがと……」

麦「絹ちゃん、俺、別れたくない」

絹「……」

麦「別れなくていいと思う。結婚しよ」

絹「……」

麦「結婚して、このまま、生活続けていこ……」
絹「（首を振る）」
麦「大丈夫だよ」
絹「（首を振り）今日が楽しかったから、今だけそう思ってるだけ。また元に戻るよ」
麦「戻ってもいいと思う」
絹「（首を振る）」
麦「世の中の結婚してる夫婦ってみんなそうじゃん、恋愛感情なくなったって……

（言ってしまった、と思う）」

絹「……」
麦「（しかし続け）結婚して続いてる人たち、いるでしょ。気持ちが変わってからも、嫌なとこ目つぶりながら暮らしてる人たちいるよ。俺と絹ちゃんだって……」

絹「またハードル下げるの？」
麦「……」
絹「ハードル下げて、こんなもんなのかなって思いながら暮らして、それでいいの？」
麦「いい」
絹「（そうなの？）」

麦　「もし僕らの気持ちが冷めたんなら、それって、いい夫婦になれる準備が出来たってことなんじゃない？」

絹　「……（そうなのだろうか）」

麦　「ずっと同じだけ好きでいるなんて無理だよ。そんなの求めてたら幸せになれない。喧嘩ばっかりしてたのは恋愛感情が邪魔してたからでしょ。今家族になったら、俺と絹ちゃん、上手くいくと思う。子供作ってさ、パパって呼んで。ママって呼んで。俺、想像出来るもん。三人とか四人で手繋いで多摩川歩こうよ。ベビーカー押して髙島屋行こうよ。ワンボックス買って、キャンプ行って、ディズニーランド行って。時間かけてさ、長い時間一緒に生きて。あの二人も色々あったけど、今は仲のいい夫婦になったね。なんか空気みたいな存在になったねって。そういう二人になろ。結婚しよ。幸せになろ」

絹　「（揺れている）……」

麦　「（待つ）……」

絹　「（揺れて）……」

麦　「（待って）……」

絹　「……そうかもしれないね」

麦　「(頷き) うん」

絹　「(諦めるように薄く微笑み、繰り返し頷いて)」

麦　「(頷いて)」

絹　「そうだね。結婚だったら、家族だったら……(と、言いかけた時)」

店員に案内されて、二人の男女の客、水埜亘《みずのわたる》(20)と羽田凜《はだりん》(20)が来た。

店員、通路を挟んだ隣のテーブルを示して。

店員　「こちらどうぞ」

亘　「はい」

凜　「あ、ドリンクバーで」

亘　「二つ」

店員　「ドリンクバーお二つ、かしこまりました」

店員、行く。

なんか気を削がれて、カフェオレを飲む絹と麦。

亘　「(凜に席を示し) 羽田さん、どっちがいいですか」

凜　「水埜さんはどっちがいいですか」

亘　「あ、じゃあ、あ、羽田さんこっちで」

凜　「じゃあ、水埜さんそっちで」

入れ替わって、席に着く亘と凜。

絹と麦、凜と亘の会話に聴き入って、……。

亘　「びっくりしました」

凜　「わたしも。水埜さんいると思わなかったから」

亘　「羊文学のライブ、よく行くんですか」

凜　「二回目です」

亘　「へえ。あ、あと誰とか」

凜　「長谷川白紙さんとか、あと最近、崎山蒼志さん」

亘　「あー、僕、崎山蒼志さん、ベイキャンプで見ました」

凜　「え、行ったんですか？」

亘　「すごく良かったです」

凜　「わたしチケット持ってたんですけど、インフルで」

亘　「あー」

麦、凜と亘の足下を見て、あ、と思う。

絹、麦の反応を見て、足下を見て、あ、と思う。

凜と亘は、白のジャックパーセルを履いている。
絹、麦、……。

亘「じゃあベイキャンプで会えてたかもしれなかったですね」
凜「はい。でも今日会えて良かったです」
亘「本当ですか」
凜「前の時、LINE聞くの忘れてたから」
亘「僕も失敗したなって」
凜「でも、あの時はでもそんなに、今みたいに盛り上がらなかったじゃないですか」
亘「結構気まずかったっていうか」
凜「気まずかったですよね」
亘「でもあの後、僕、羽田さん、今頃どうしてるかなって、しょっちゅう考えてました」

凜「へえ（と、なんか照れて微笑って首を傾げる）」
亘「なんかずっとっていうか」
凜「わたしも、水埜さん、今頃どうしてるかなって考えてました」
亘「へえ（と、なんか照れて微笑って首を傾げる）」

凜「まあ、なんかずっと」
　絹と麦、もう戻れない日々をそこに見ている。
亘「会えましたね」
凜「会えましたね」
亘「(照れて俯いて、また凜を見て)」
凜「(照れて俯いて、また亘を見て)」
麦「(感情が込み上げてくる)……」
　唇を嚙みしめ、涙を浮かべている麦。
絹「(そんな麦を見て、同じ感情が込み上げて)……」
　見つめているうちに、隣のテーブルの亘と凜が二十一歳だった頃の絹と麦になっている。
　あの頃の服装に、あの白いジャックパーセル。
21歳の絹「(照れて俯いて、また麦を見て)」
21歳の麦「(照れて俯いて、また絹を見て)」
　そんな二人を見ている今の絹と麦。
絹「(涙を浮かべて、麦を見つめる)」

麦「（受け止めて見返して）」
隣のテーブルはまた凜と亘に戻って。
凜「（亘のリュックを示し）それ、何読んでるんですか」
亘「羽田さんは？」
二人、リュックにささっていた文庫本を出し、交換して、興味深そうに見はじめた。
それを見て感極まった絹、席を立ち、店の外に出て行く。
麦も席を立つ。

148 同・外

麦、荷物を持って出て来ると、背を向けている絹。
肩が震えている。
麦、絹の背中を抱きしめる。
絹、向き直り、抱き合う二人。
顔をあげ、お互いを見て、また抱き合う二人。

麦（M）「そうやって僕たちは別れた」

149　甲州街道

歩いて帰る絹と麦。
缶ビール片手におしゃべりしていて。

絹「わたしさ、こういう時にいつも思い出すようにしてることがあるんだよ。二〇一四年のワールドカップで、ブラジルがドイツに七点取られて負けたの。知ってる？」
麦「知ってるよ」
絹「あの時のブラジルに比べたらわたしはマシだって思うの」
麦「あー。負けた後のブラジルのキャプテン、ジュリオ・セザールのインタビューは知ってる？」
絹「え、知らない」
麦「歴史的惨敗を喫した試合後のインタビューでジュリオ・セザールはこう言った。我々のこれまでの道のりは美しかった。あと一歩だった。って」

その言葉を思い、静かな笑みを交わす二人、また歩き出す。

150　五月、多摩川沿いのマンション・二人の部屋（日替わり）

食卓で食事している絹と麦。

麦（M）「と言っても適当な物件もすぐには見つからず、部屋を出るまでに三ヶ月一緒に暮らした。何日かは晩ご飯を一緒に食べて、時には一緒に映画も観た」

麦「今だから言うけど、俺、実はあの後さわやかのハンバーグ食べた」

絹「わたしも食べた」

＊

タピオカミルクティーを飲みながらテレビで映画を観ている絹と麦。

絹（M）「これ、タピオカ飲んでるけど、既に別れてる二人」

絹「正直さ、一回くらいは浮気したことあったでしょ」

麦「浮気？　え、あるの？」

絹「なかった？」

麦「え、普通にないけど」

絹「ふーん（と、何やら含みがあって）」
麦「え？」

＊

ジャンケンをする絹と麦。
絹、グーを出し、麦、パーを出した。
絹「え、何でパー出すの？」
麦「（微笑って）大人だから」
猫を抱き上げる麦。
麦（M）「猫は僕がもらった」

151　六月、多摩川沿いのマンション・外（日替わり）

引っ越しのトラックが二台停まっている。
作業員がソファーを積んでいる。

152　多摩川沿いのマンション・二人の部屋

ほとんどの荷物が運び出された後。
絹と麦、カーテンを外している。
外したカーテンを、二人で両端持って。

絹・麦「せーの」

畳んだ。

153　字幕

手書きの文字で、〝2020〟と。

154　カフェの店内

レジ前でお会計に並んでいる絹と知輝。
既に会計を終えた麦、朱音が来るのを待っている。
お互いを見ないようにしている。

155　カフェの外

出て来た絹と知輝、麦と朱音。
それぞれ反対側に歩き出す。
絹、ふっと手を挙げて後ろ手を振る。
麦、ふっと手を挙げて後ろ手を振る。
互いに気付かず、そのまま手を振って離れていった。

156 八谷家・絹の部屋（夜）

帰宅している絹。
部屋着に着替え、下から持って来たご飯を食べる。

絹（M）「今日、元カレにばったり会った。多分あれはわたしがあげたイヤホン。二人でスマップのたいせつ聴いたな。スマップが解散しなかったら、わたしたちも別れなかったかな。なんて馬鹿なこと思った」

157 早稲田のマンション・麦の部屋

帰宅している麦。

キッチンから料理を持って来て猫に餌をあげる。
猫と晩ご飯を食べる。

麦（M）「今日、元カノにばったり会った。きのこ帝国が活動休止したこと、粋な夜電波が終わったこと、今村夏子が芥川賞を取ったこと、どう思ったかな。多摩川の氾濫の時、ニュース見て何思ったかな」

158 **八谷家・絹の部屋**

絹はお風呂から出て、髪を乾かしている。

絹（M）「彼の部屋にはじめて行った時、髪の毛乾かしてもらったな。雨降ってたな。焼きおにぎり美味しかったな。近所のあのパン屋のご夫婦、今頃どうしてるだろ。トイレットペーパー買えたかな」

159 **早稲田のマンション・麦の部屋**

ノートPCを操作している麦。

麦（M）「よく二人で行ったパン屋があった気がする。あの焼きそばパンまた食べたいなって思って検索してたら、六年ぶり二度目の奇跡を目撃した」

麦、画面を見て、衝撃を受け、思わず声が出る。

麦「あ……（驚き、そして笑顔に変わる）」

画面の中、ストリートビューが表示されている。

多摩川沿いのあのマンションの近所のなんてことない住宅街の道で、花束とトイレットペーパーを提げて歩いている男女が見切れるように映っていた。

顔はぼかしてあるが、絹と麦だとわかる。

そんなツーショットが麦のイラストに変わって。

終わり

今では仕事以外で文章を書くのが億劫になりましたが、以前は日記を書いていたことがあります。はじめては飽きて、またはじめては飽きての繰り返しで、最長でも数ヶ月だったので書いたうちに入らないかもしれません。別に書き記すほどのことがなかったなという日が続くうちに、その存在ごと忘れてしまうというパターンです。だけど数年経って読み返してみると、意外と面白く思えたりする。日記って、書いている時は小さな水たまりのような記録でしかないけど、後から読み返すとちゃんとそこそこ眺めのいい川になっている。風呂を掃除して、風呂を掃除したと思うか、風呂を綺麗にしたと思うか、風呂と戦ったと思うか、わりと毎日の面白さってその程度で決まっていく。駅から自宅までの徒歩何分間だかを楽しめる日々ってあるし、そんな感情を人は作れる。という感じが映画になったらいいなと思いました。

脚本が出来てから一年半かかって、二〇二一年の一月二十九日にようやく公開。日頃テレビドラマを作っていて、脚本出来たらすぐ撮ってすぐ放送というのに慣れている自分からしたら、とてもじれったい。映画を作ってる人たちはいつもこんな風に時間を過ごしていたのか。よく我慢出来るなと思う。でもそんな思いも何年かして思い返したら、あの待ってる時間が楽しかったんだなって思うのかもしれないので、日記代わりとしてここに記しておきたいと思います。早くお客さんに観て欲しい。早く麦くんと絹ちゃんに会って欲しい。あと、仕事場のマンションの工事の振動が激しくて、壁に留めたドライフラワーの花びらが落ちてしまわないかと心配。という二〇二〇年十一月三十日。

坂元裕二

坂元裕二　さかもと ゆうじ

[illegible]家。東京藝術大学教授。主なテレビドラマ作品に、「東京ラブストー[illegible]「わたしたちの教科書」（第26回向田邦子賞）、「それでも、生き[illegible]芸術選奨新人賞）、「最高の離婚」（日本民間放送連盟賞最優[illegible]題のあるレストラン」「いつかこの恋を思い出してきっと泣いてしま[illegible]」「Mother」（第19回橋田賞）、「Woman」（日本民間放送連盟賞最優秀賞）、「モザイクジャパン」「カルテット」「anone」などがある。また、朗読劇「不帰の初恋、海老名 SA」「カラシニコフ不倫海峡」では脚本・演出を、演劇「またここか」では脚本を手がける。

花束みたいな恋をした

2021年1月29日　初版第一刷発行
2021年2月22日　　　第三刷発行

著者　坂元裕二

装丁　葛西薫

発行人　孫家邦

発行所　株式会社リトルモア
〒151-0051　東京都渋谷区千駄ヶ谷3-56-6
Tel. 03-3401-1042　Fax. 03-3401-1052
http://www.littlemore.co.jp/

印刷・製本所　中央精版印刷株式会社

Printed in Japan

ISBN978-4-89815-535-6　C0093